U0082906

常怡 著

故宮裡的大怪獸

｜升級版｜

MONSTERS IN THE FORBIDDEN CITY

御花園裡的火車站

2

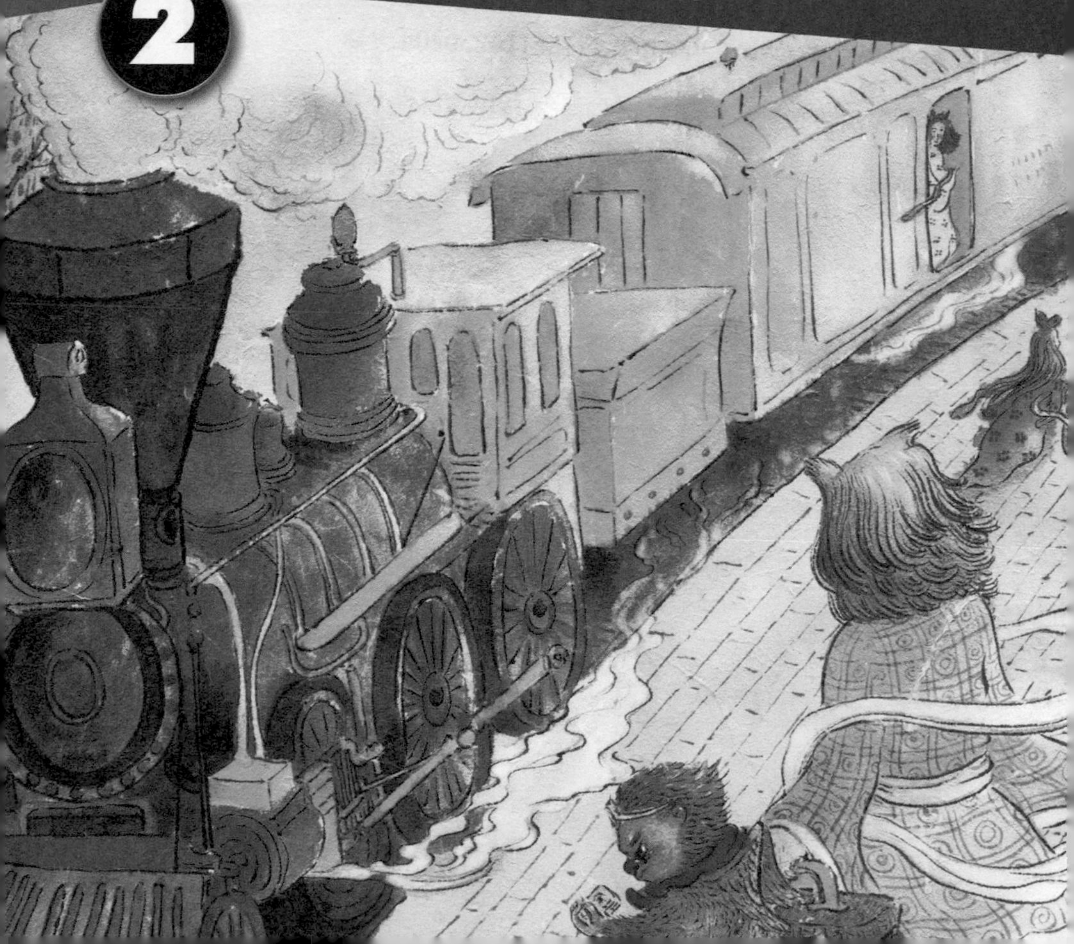

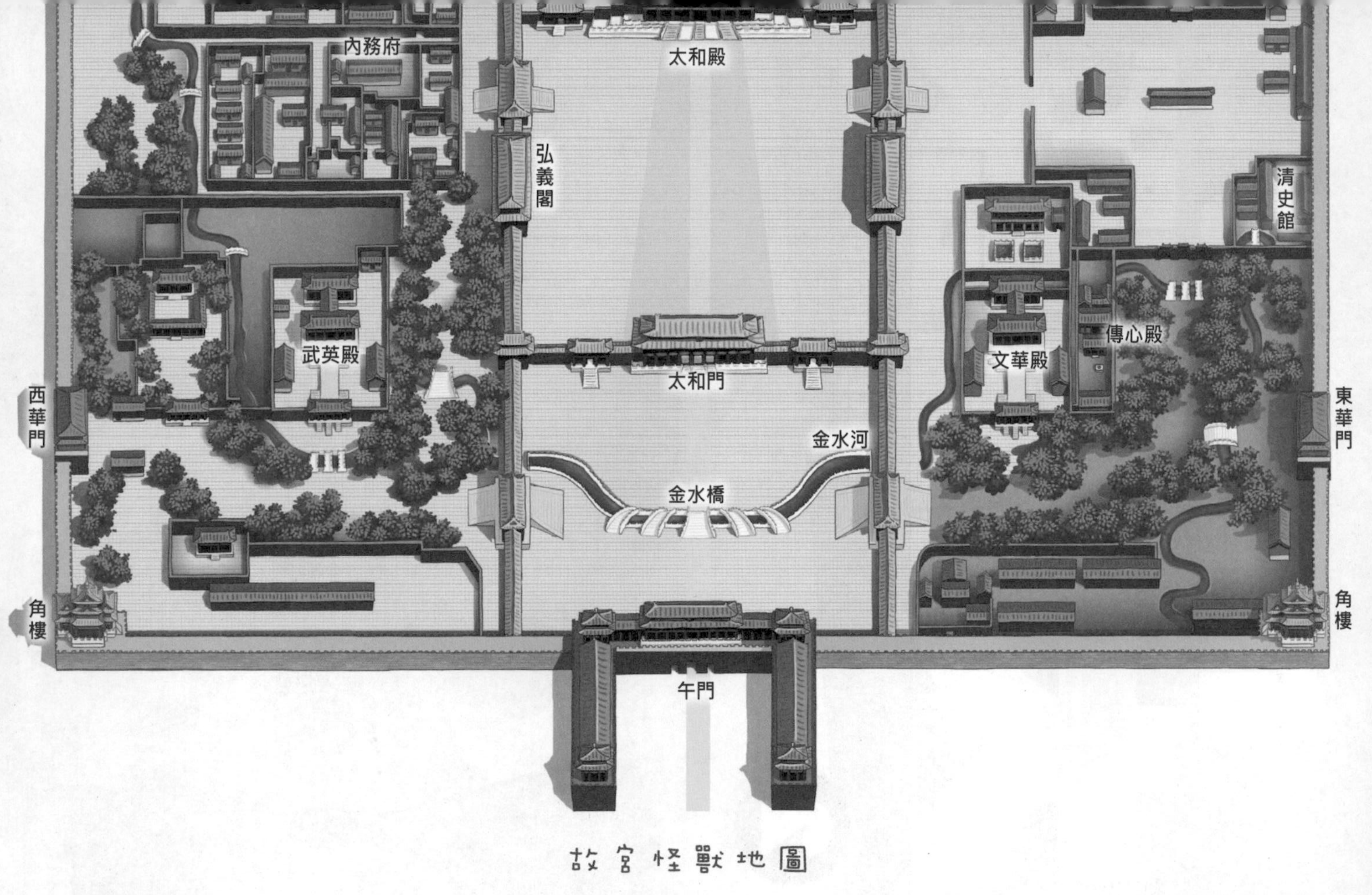

故宮怪獸地圖

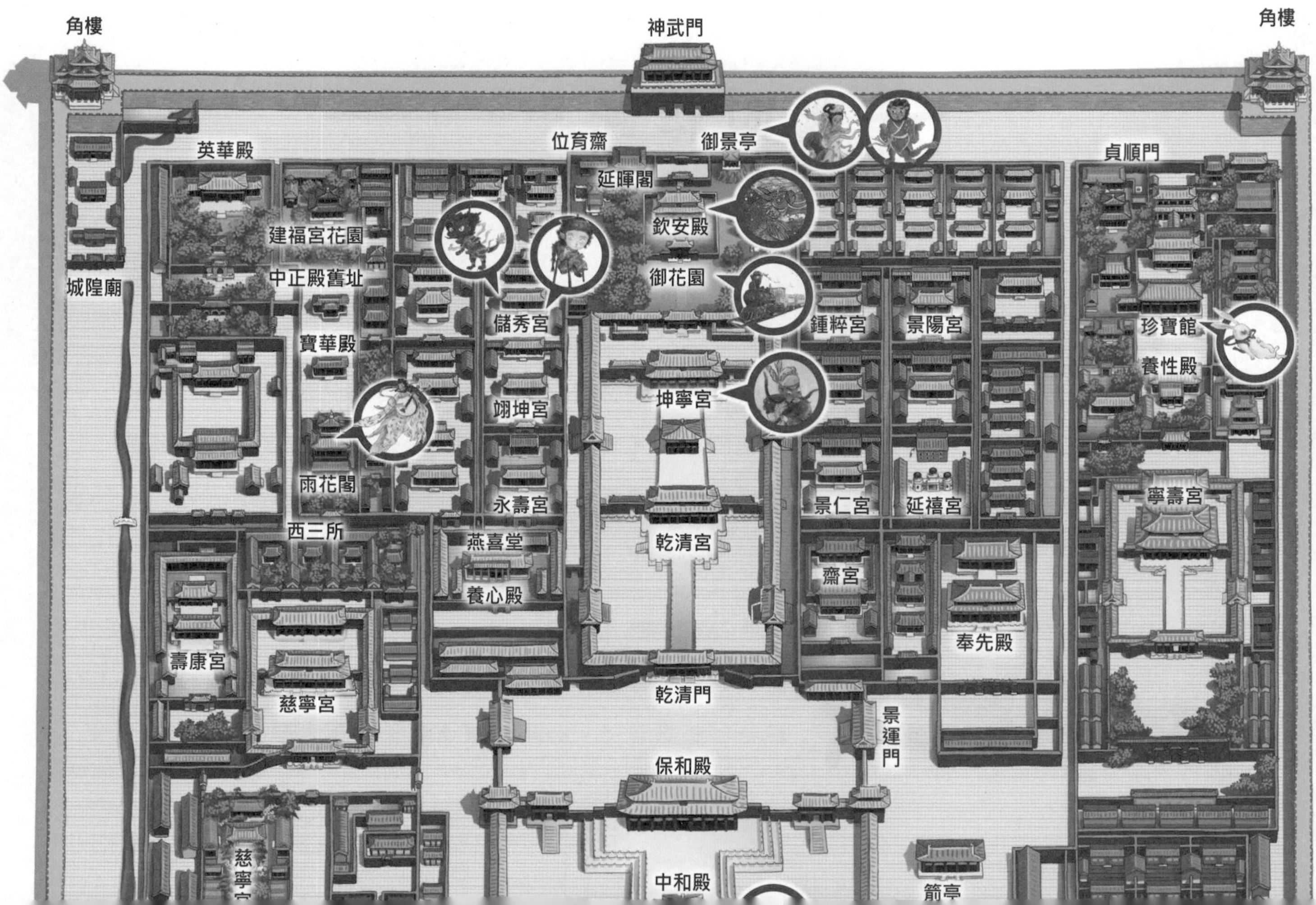

角樓
神武門
角樓
英華殿
位育齋
御景亭
貞順門
延暉閣
建福宮花園
欽安殿
中正殿舊址
城隍廟
御花園
儲秀宮
鍾粹宮
景陽宮
珍寶館
寶華殿
養性殿
坤寧宮
翊坤宮
雨花閣
永壽宮
景仁宮
延禧宮
寧壽宮
西三所
燕喜堂
乾清宮
齋宮
養心殿
壽康宮
慈寧宮
奉先殿
乾清門
景運門
保和殿
中和殿
箭亭

楊永樂

十一歲的男孩，因為父母離婚而被舅舅領養。舅舅是故宮失物招領處的管理員。放學後，楊永樂經常在故宮裡遊蕩，並與故宮的殿神們成為好朋友。他夢想成為偉大的薩滿巫師，認識李小雨後，答應讓她做助手，後來兩人成了要好的朋友。

楊永樂的舅舅

故宮失物招領處的管理員，楊永樂崇拜的對象，也是一個非常神祕的人。喜歡收藏各種稀奇古怪的寶物。

小龍女

龍最小的女兒，擁有仙女般的外貌和善良的心，但在怪獸界卻被視為醜女。龍因為她嫁不出去而發愁。

角端

古代傳說中的獨角怪獸，住在故宮太和殿的龍椅旁邊。他通曉所有國家的語言，知道所有地方發生的事情，總是捧著書護衛在皇帝身邊，與楊永樂是好朋友。

睚眥（ㄧㄚˋ ㄗˊ）

龍的第二個兒子，傳說非常兇猛，喜歡打打殺殺，所以很多刀和寶劍上都有他的雕像。他住在故宮武備館，因為弄丟了東西去失物招領處，與李小雨和楊永樂成為朋友。

大頭鬼

古代時看管故宮密室的太監的鬼魂。中元節（鬼節）那天回到曾經的密室，而那裡已經被改成失物招領處。

玉兔

神話傳說中住在月亮上的兔子，嫦娥的寵物。他是一隻又白又胖的兔子，因為在中秋晚宴上喝醉了，被嫦娥暫留在了故宮裡。

螭（ㄔ）虎

為皇帝們看守玉璽的怪獸。長著和老虎一樣的頭，和龍一樣的身體。他一直偷偷地喜歡著菊花仙子，並為她看護菊花酒。

目錄

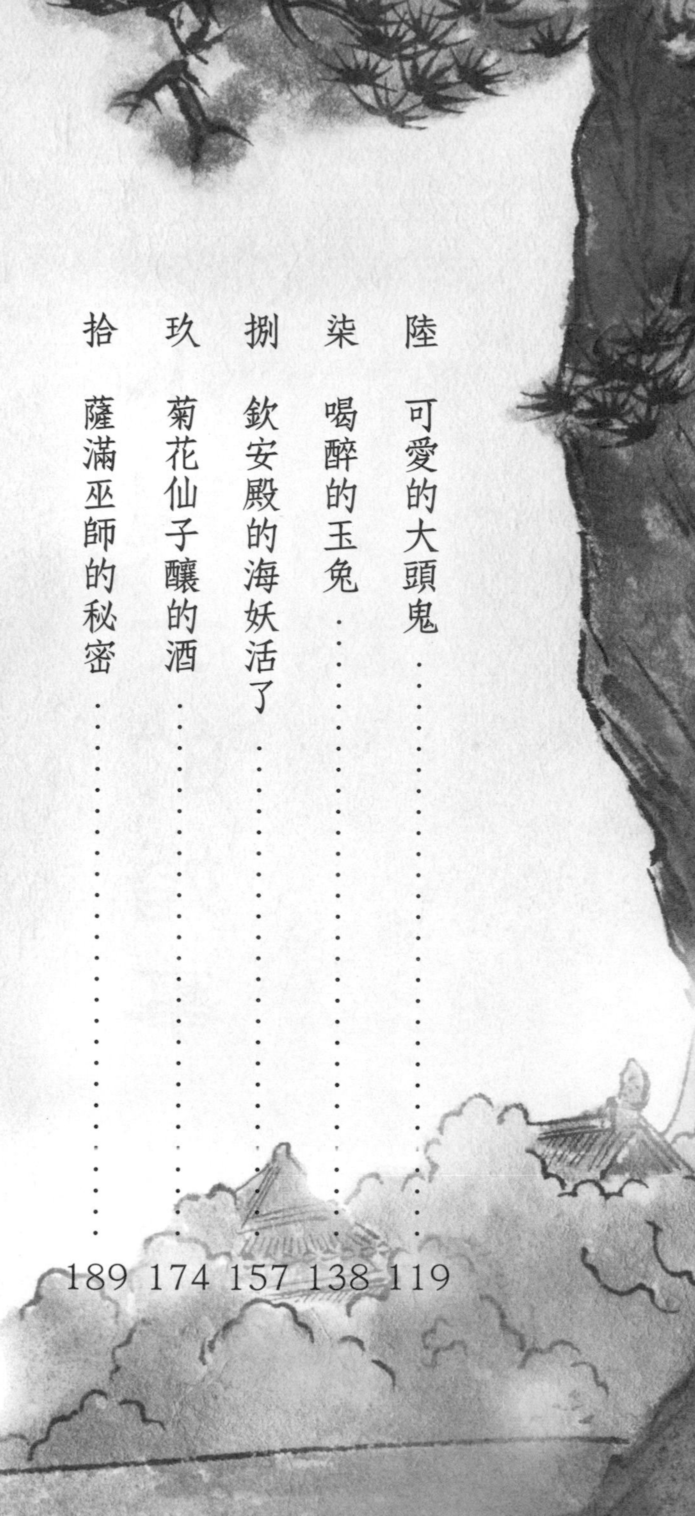

壹 小龍女的婚事

「本王之女小龍女，現身患重病，若哪位神獸或龍族能在七夕之夜，取得龍珠一顆為其治病，本王就將小龍女嫁給他……」

無論怎麼看，都覺得《故宮怪獸談》上的這則告示有些眼熟。但是到底在哪裡看到過呢？

我一邊拿著報紙，一邊把眼睛轉向正大口吃著貓糧的野貓梨花。

「小龍女生病了？」

梨花的臉埋在貓糧裡，抬都沒有抬。

「為什麼我會覺得這則告示有點……」我接著說。

梨花一下子忍不住了，「喵嗚、喵嗚」地大笑了起來，嘴裡的貓糧都噴出來了。

「有什麼好笑的？」

我放下手裡的《故宮怪獸談》。

「妳不是看到了嗎？喵。」

梨花的眼睛樂成了一條縫。

「妳是說龍王的告示？」

我更不明白了。

「那不是一則告示，那是一個廣告！《故宮怪獸談》有史以來第一個付費廣告！即便是龍，也是付了大價錢的。喵。」

梨花的鬍子都快朝天了。

「這有什麼好炫耀的，小龍女都生病了，妳還好意思收錢？」我瞪著她，這傢伙什麼時候變得這麼貪心了。

「要是真生病了，我當然是不會收錢的。喵。」梨花受了委屈般地大聲說，「可是妳沒看出來嗎？這明明是一個徵婚廣告！」

徵婚廣告？我從頭到尾又看了一遍。啊！我知道為什麼看起來這麼眼熟了。童話裡不都是這樣寫的嗎？一位美麗、善良的公主，不是被惡龍捉走，就是被壞巫師施了魔法，國王貼出告示，昭告四方，誰能救出公主就把公主嫁給誰。總會有一位英俊的王子或勇士挺身而出，救出公主，從此他們就幸福地生活在一起了。雖然結果是這樣，但是沒有一位國王是為了給公主徵婚才故意讓公主被惡龍抓走的吧？

「妳的意思是，小龍女生病是假的？」我不相信地問。

「妳覺得龍會缺龍珠嗎？龍家的龍珠多得沒地方放。喵。」梨花一邊打著飽嗝一邊說。

「用這種方法徵婚還真少見啊！」

「還不是因為小龍女嫁不出去。」

公主哪有嫁不出去的？我不相信地吹了聲口哨。

「真的！」梨花一下子看穿了我的心思，「故宮裡誰不知道小龍女長得醜啊？見過她的怪獸沒有一個願意把她娶回家的。龍王一定是沒辦法了，才想出這麼一個主意。如果真有沒見過小龍女的怪獸或者龍族拿了龍珠來幫小龍女治病，那時候就算對方不想娶她都來不及了。因為龍王已經發了告示，要把小龍女嫁給送來龍珠的人。這可不是鬧著玩的。」

這回輪到我納悶了，小龍女怎麼會長得醜呢？小龍女不都應該像仙子一樣可愛嗎？

梨花打了個哈欠，夕陽粉紫色的陽光從落葉松的間隙透下，照在她身上，不一會兒她的鼻子裡就響起了響亮的鼾聲。

我站起來，向寶華殿的方向走去。因為沒有別的地方可去，整個暑假，我都在故宮裡晃蕩。天色已經不早了，遊客們陸續離開，故宮一下子安靜下來。

寶華殿是一座美麗的宮殿。殿前有一個庭院般的大廣場，到處都是粉紅色的夾竹桃。

頭頂上傳來了「咔咔」的聲音，我抬頭一看，被嚇了一跳。

龍正臥在寶華殿金黃色的琉璃瓦中間，金色的龍鱗與琉璃瓦融為一體，如果不仔細看，還真是不容易被注意到。

「嗨！您好！」我大聲地和他打招呼。

龍的頭動了一下，長長的鬍鬚從屋簷上垂了下來。

「是妳啊，小雨。要上來嗎？」

我默默地點點頭。龍便把一隻龍角伸了下來，我坐上長長的龍角，龍一仰頭，我便像坐著升降梯一樣地升到了屋頂上。

我輕輕跳下來，小心不踩壞了漂亮的琉璃瓦。

「很難得在太陽下山前看到您。」

我輕手輕腳地坐到龍的旁邊。

「有時候也想看看漂亮的黃昏。」

龍悶聲悶氣的，看起來有點不開心。

「小龍女的病沒關係吧？」我小心地問。

「那個呀，」龍搖了搖頭，「她應該是裝病吧！」

我吃了一驚，眼睛都瞪圓了。梨花還真猜對了！

「她最好的朋友，鳳凰的女兒藍孔雀最近也出嫁了。這丫頭突然開始著急了。」龍不緊不慢地說，好像在說別人的女兒似的。

「但是用這種方法也……」

「之前，也有不少龍族、神獸來提親，但是看到她的樣子後，都反悔了。近幾百年，連提親的人都沒有了。」

「小龍女從來沒談過戀愛嗎？」

脫口而出的話，卻讓我自己也嚇了一跳。

「談是談過，也曾經拉著那男人的手到我面前信誓旦旦地要嫁給他。但是，怎麼說，我也不能讓她嫁給人類啊！就算是仙人也不成。」

我有點不服氣，嫁給人類又怎麼樣呢？

「可是，要是有人類拿著龍珠來了呢？」我故意問。

「告示裡寫得清清楚楚的，只有神獸或者龍族拿來龍珠我才會把龍女嫁給他。人類當然不可以。」龍也不客氣地說。

「什麼樣的怪獸都可以？只要不是人。」我提高了嗓門。

「那倒也不是……」龍被我問住了，停頓了一下。「不過，能擁有龍珠的神獸即便不是四海龍王、河龍王、湖龍王這些龍族們，也是龍族們賜予龍珠的神獸勇士，應該錯不了！」

這下我沒什麼可說的了，不愧是龍，想得真周到。但為什麼還是覺得有什麼不對勁呢？我歪著腦袋想，對了，還有個關鍵的問題。

「小龍女也是這麼想的嗎？只要有怪獸拿著龍珠來，無論是誰都嫁給他？」

我轉過頭，直勾勾地盯著龍的臉。

龍卻沒被我問住：「這就是她出的主意啊……」

我差點沒摔個跟頭。

小龍女自己會出這樣的主意？我不由得可憐起小龍女來。如果是我，不能嫁給心上人，而是用這種方式隨隨便便嫁人，一定傷心透了。

那之後好幾天，我都沒去故宮玩。到了七夕那天，一大早我就跟在媽媽屁股後面上班了。

「這孩子，在家裡寫暑假作業不也是一樣嗎？」媽媽頭痛地看著我。

「在媽媽的辦公室寫作業會特別專心。」

「可是晚上我要加班，妳要和我睡辦公室嗎？」媽媽說。

「我最喜歡睡在媽媽的辦公室裡了。」

聽到今天晚上能住在故宮裡，我高興極了。今天可是小龍女徵婚的最後期限呢！我真想知道她長什麼樣？誰又會拿著龍珠來迎娶她？

時間過得很快，寫完數學作業，天色就暗了下來。風湧來，天空染上了漂亮的紫色。我連跑帶跳地向雨花閣跑去，可是剛剛跑到春華門就站住了。

「叮叮、咚咚、叮咚、叮咚……」

不知從哪裡傳來奇妙的聲音。

我朝四周打量了一圈，仰頭看看天，然後又瞅瞅地。可是，我身邊沒有一個人。天上只懸著明黃的月亮，地上只有一列長長的影子。但，那個不可思議的聲音就在一個不遠的地方，清脆地響著。

像是琵琶的聲音。又像是細細的笛子。

我猶豫著向前走，穿過雨花閣前的庭院。雨花閣高高的屋頂上，正有人抱著一輪滿月，輕柔地彈唱著。

「喂！你是誰？」

他看起來不像是怪獸，可是不是怪獸誰又能爬到那麼高的屋頂上呢？聽見我的聲音，音樂停了下來，滿月的後面露出一張白皙的臉。我呆住了，這是一張多麼美麗的臉啊，好像清晨的露水珠一樣閃耀。

就是她，我一眼就知道她是誰了，因為她和我想像的一樣美。不，應該說，她比我想像的還要美。

「妳……是小龍女？」我支支吾吾地問。

她沒說話，而是把一條長長的絲帶從屋頂上垂下來。那是藍色海浪般的絲帶。

頂。

我拉住絲帶，還沒等我試試結實不結實，已經被一下子拉上了雨花閣屋

「啊！」我嚇了一跳，這比坐雲霄飛車還刺激呢！

女人轉過身來：「我是小龍女。」

「可是，為什麼他們都說妳醜呢？妳看，妳多美啊！」

昨天我還在想，是不是她有一張長滿龍鱗的臉。

小龍女笑了，潔白的牙齒在月光下閃閃發光。

「也許妳是這麼認為。但是在神獸和龍族們眼裡，鳳凰才是標準的美女。我長得太像人類，所以是醜八怪。」

「這不公平！」

她明明那麼美，還那麼隨和，她的聲音多溫柔啊！

「是嗎？」小龍女滿不在乎地說，「可是神獸們都這麼想啊！我的父王也

認為，自己生了個醜閨女。」

「妳自己怎麼想的呢？」我看著她。

小龍女沒說話。她低下頭，撥弄著抱在懷裡的月亮。我這才看清楚，那不是真的滿月，而是一把像滿月一樣的琴。

「這是什嗎？」

「月琴。」她回答。

原來那好聽的聲音就是月琴的聲音。

「它的聲音真好聽。」

小龍女高興了起來：「它的聲音，要是能配上韓湘子的簫聲，那才美妙呢！」

「韓湘子？是八仙過海裡的那個韓湘子嗎？」

「對，就是他。」

小龍女露出了不好意思的樣子。

我明白了，龍說的小龍女曾經信誓旦旦要嫁的人就是韓湘子吧！

「那他現在在哪呢？」

小龍女搖搖頭，「我也不知道。」

我還想接著問，為什麼他們沒有私奔？是誰先離開了誰……但突然一陣猛烈的大風吹了起來，把雨花閣上的瓦片都吹得「咔咔」作響。我閉上眼睛，再睜開時，龍已經臥在了我和小龍女的身邊，身上的鱗片在月光下閃閃發光。

「還沒有神獸來獻上龍珠嗎？」龍有點失望的樣子。

按照《故宮怪獸談》上的告示，今天已經是最後一天了。

龍皺著眉頭嘆了口氣。

就在這時，一個白色的身影一跳、一跳地跑了過來。所有人都緊緊盯著那個小小的影子。難道是有怪獸來獻龍珠了嗎？

「喵，Hello，大家都在啊？啊！我的朋友李小雨居然也在這兒，真是太好了！」

野貓梨花脖子上掛著撿來的迷你小相機，一跑一跳地上了屋頂。

「龍女公主，您的王子出現了嗎？喵。」

小龍女微微一笑：「要讓妳失望了，還沒有。」

「是不是龍的條件太苛刻了？他登廣告的時候，我就說了，龍珠可不是那麼好弄的……」

還沒等梨花把牢騷說完，一隻雪白的鴿子打著哨兒飛了過來，落到了龍耳朵邊，小聲地說著什麼。

「有人獻龍珠來給小龍女治病了。」龍低聲說。

所有人都睜大了眼睛向前方望去。春華門那裡出現了一個黑影，影子被燈光拉得長長的，看不出來走來的到底是誰。

直到他走到雨花閣前面的院子裡，大家才看清楚。站在那裡的，居然是一個小男孩。

男孩看起來有點緊張，緊皺著眉頭，抿著嘴巴，頭髮像野草一樣。他穿著一件舊圓領衫，領子大大的，腳上的舊球鞋已經看不出原來的顏色。他的腳很瘦，腳後跟露在外面，走路的時候，鞋子像是隨時會快掉下來。

「你的鞋子快掉了！」我大聲說。

男孩愣了一下，但很快就理直氣壯地說：「薩滿巫師從來不會掉東西。」

「你是薩滿巫師？」

我很小的時候就聽媽媽說過薩滿巫師，清朝的時候，住在故宮裡的滿族妃子們很多都非常相信他們的占卜。

男孩點點頭。

我瞇著眼睛看他，他看起來年齡和我差不多，可能比我高一點，但比我還瘦。

「你是誰？」龍有點不耐煩。

男孩看見龍說話，嚇得渾身發抖。

「我叫楊永樂，我是拿龍珠來給小龍女治病的……」他說。

「你有龍珠？」

龍的身子往前探了探，連小龍女的臉上都露出了「很有趣」的表情。

男孩沒有說話，而是表情嚴肅地攤開汗津津的手掌，那上面一顆玻璃珠大小的紅色小球閃耀著奇異的光澤。

我吃了一驚，那就是傳說中的龍珠嗎？

「咔嚓」，閃光燈閃過，野貓梨花用相機拍下了這一刻。

這可把楊永樂嚇壞了，他雙腿直打哆嗦，往後退了幾步，手攥成了拳頭。

「別害怕。」梨花安慰他：「等明天這張照片登到報紙上，你就是故宮裡的明星了。喵。」

「我不想成為什麼明星，我只想娶小龍女。」楊永樂大聲說。

龍「噗嗤」一下笑了。

「想娶我的女兒可沒有那麼容易。」

「可是你明明發了告示說……」楊永樂的拳頭攥得更緊了。

「是的，但是我怎麼知道這顆龍珠是你的？如果是你偷來的……」

「薩滿巫師寧願餓死，也不會偷東西！」楊永樂真的發火了。

「那也不行，小夥子。」龍狠狠看了他一眼：「你只是個人類的小男孩。」

「我是薩滿巫師，真正的薩滿巫師。」楊永樂一副不服氣的樣子。

「薩滿巫師也不成，因為薩滿巫師也是人。我的告示裡寫了，只有神獸或者龍族，我才會將女兒嫁給他。」

楊永樂一下子愣住了，他不知所措地站在那裡，眼睛在我們的臉上看來看去。想了半天，他默默地轉過身，準備離開。

「你還不能走。」龍突然說。

楊永樂站住了，回過頭來。

「還有事嗎？」

龍很有威嚴地說：「我不知道你是怎麼拿到龍珠的，但是龍族的龍珠是怎麼也不可以落在人類手裡的。」

楊永樂臉色鐵青，一下子把左手藏到了身後。

但已經晚了，龍珠不知什麼時候已經溜出了他的手掌心，慢悠悠地飄了起來，一直飄到了龍的面前。他眼看著龍張開嘴巴，一口把龍珠吞了下去。

「你不能這樣做！那是我的！」楊永樂一下子跳了起來，可是無論他怎麼努力，也夠不到雨花閣的屋簷。

龍沒理他，張開嘴巴打了個哈欠。等到一陣讓人睜不開眼睛的、猛烈的風

吹過，龍已經無影無蹤了。

「喂！你不能走！把龍珠還給我！」

楊永樂還在不依不饒地叫著。

小龍女站起來，拉住我的手輕輕一跳，我們就落在了地面上。

蹲在院子裡的楊永樂卻「哇哇」大哭了起來。

「我做錯了什嗎？居然被怪模怪樣的龍騙了！」

小龍女走到他身邊。

「謝謝你拿龍珠來幫助我治病。」

她的微笑比月光還皎潔，楊永樂一下子就看呆了。

她接著說：「回家去吧！等再過幾年，你就可以娶一個漂亮的人類姑娘，過快樂的日子。相信我，那一定比你娶一個龍族的姑娘要幸福得多。」

還沒等我們反應過來，一道白色的亮光閃過，小龍女也不見了。

楊永樂不哭了，他站起來，默默地向養心殿的方向走去。

「喂！你走錯路了！出去的大門在對面！」我對著他的背影大聲說。

他沒理我，繼續走他的路。

「真是個怪人。喵。」梨花說，「能聽懂動物和怪獸的話的人，除了小雨妳，我知道的只有他了。」

「也許因為他是個巫師。」我小聲說。

梨花和我告別後就掛著她的寶貝相機一跑一跳地跑開了。

是該回媽媽辦公室睡覺的時候了，但我卻不聲不響地跟著楊永樂向養心殿的方向走去。我實在太好奇了！這個奇怪的男孩，到底從哪來，又要到哪裡去？他為什麼也能聽懂動物和怪獸的語言？薩滿巫師又是怎麼回事？

楊永樂看來沒想到我會跟蹤他。他一路小跑地跑進養心殿，頭都不回。

我輕輕吸了口氣，他居然和我一樣熟悉故宮裡所有的路。

又大又圓的月亮高高地掛在空中，月光下，我偷偷地從窗戶向養心殿裡望去。

養心殿是皇帝睡覺的宮殿，它的天花板很高，所有的空間都被黑暗籠罩住，雖然故宮其他地方也很黑，但是似乎沒有地方比養心殿更黑暗的了。

楊永樂熟練地繞過圍欄、家具，居然什麼都沒碰到，連一點聲響都沒有發出。他直接躺在了鋪著黃色軟墊的龍床上。那是為了讓遊客瞭解皇帝的生活而展示的床，雖然是複製品，但也很舒適的樣子。

難道他今天晚上就睡在這裡？

一隻蚊子這時候盯上了我，在我的臉上狠狠咬了一口。只差一點，我的手就拍到牠了。

「誰？」楊永樂一下子從床上坐起來。

糟糕！我忘了我是在跟蹤別人。

「是……我。」

還沒等我走過去，他已經一陣風似地跑了出來。

「是妳！妳跟蹤我？」他仰著頭，一副神氣得不得了的樣子。

「我只是……」

「什麼？」

「我只是想告訴你，那張床是展示品，不能躺。」

這個臨時編出來的謊話顯然不能糊弄他。

「如果妳敢把這件事告訴別人，我保證我會詛咒妳！」

他看起來不太友善。

「我想，我會替你保密。」我的聲音小得不能再小了。

就在這時，不遠處響起了腳步聲，一道手電筒的光束若隱若現。是警衛叔叔來巡邏了。

「噓！」楊永樂緊張起來，他拉住我的手快速躲到了養心殿的一個大柱子後面。這裡真是全世界最空曠的藏身處了。

我們聽著警衛叔叔的皮鞋聲由遠及近，又漸漸地離開。

「妳該回到妳不是展示品的床上去了。」安全以後，楊永樂深吸了一口氣說。

「那你呢？」

我和他都還坐在柱子後面。

「我就睡那張床。」

我睜大眼睛：「龍床嗎？」

「是的。所有的展示品裡就那張床最舒服了。」

看來，他已經把故宮裡所有作為展示品的床都試過了。

「你不回家嗎？還有，故宮的警犬那麼厲害，你是怎麼溜進來的？」我有點擔心他。

「我舅舅在這裡工作，他上夜班的時候，我經常和他一起住在這裡。」他理直氣壯地說，「這裡的警犬我都認識，她們都和我好極了。」

「看來你舅舅很喜歡你。」我有點嫉妒，我就沒有舅舅。

「喜歡？」他搖搖頭，「沒人喜歡我。我爸媽離婚後，沒人要我，除了我姥姥。她去世後，就把我交給了我舅舅。」

他是孤兒，我的心裡一陣痛。

「你經常睡在這裡？」

楊永樂點點頭：「我舅媽不太喜歡我，舅舅值班的時候通常都會帶著我。」

「為什麼不住在他的辦公室？」

「有時候會，但有時候他不太喜歡別人打擾。」

楊永樂看起來累了，打了一個大大的哈欠。警衛叔叔已經走遠了，他從柱子後面爬出來。我注意到他的脖子上有個閃亮亮的東西露了出來，但是卻被他迅速地放回了領子裡。

「嗨！我說李小雨……」

「咦？你怎麼知道我的名字？」我納悶極了，怪不得他都沒問過我的名字。

「薩滿巫師是憑實力說話的。」他說，「妳媽媽已經開始找妳了，妳最好快點離開，不要給我添麻煩。另外，如果妳明天早上七點半，帶著兩根油條、一塊雞蛋糕到建福宮花園的大槐樹下和我碰面的話，也許我會願意告訴妳一點關於薩滿巫師的事情。」

「油條倒沒問題，可是雞蛋糕食堂不是每天都有……」

從食堂弄出點吃的來對我來說倒不是什麼難事。

「好了，妳該走了！」

沒等我說完，他就把我推出了養心殿。真是個沒禮貌的傢伙！

我飛快地向媽媽的辦公室跑去，還沒到辦公區，就聽見媽媽正在喊我的名字。她真的在找我呢！那個叫楊永樂的男孩還真有點神！

「這麼晚妳跑到哪去了？」媽媽生氣了。

我沒回答她就問：「媽媽，明天早餐食堂有雞蛋糕嗎？」

「什麼？雞蛋糕？」媽媽莫名其妙。

「對！雞蛋糕。」

我從來沒像今晚這樣期待明天早餐食堂裡的雞蛋糕。

貳

愛掉東西的怪獸角端

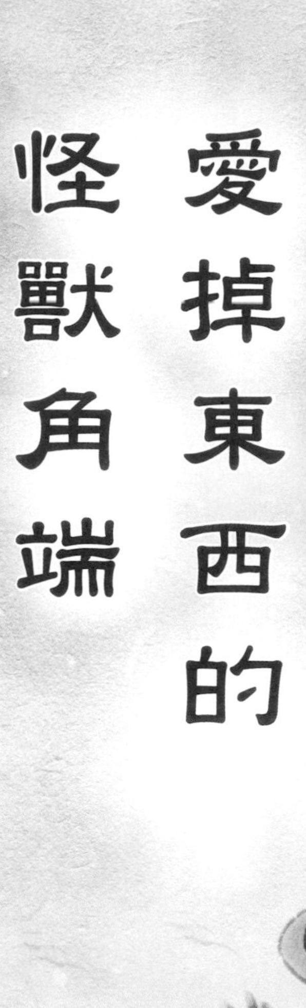

清晨的建福宮花園裡到處都是讓人喘不過氣來的、濃濃的甜香，那是金桂的香氣。黃色的小花與漂亮的藍天組成的畫面，到底什麼樣的畫家才能畫出這麼漂亮的畫呢？

我正仰著頭走，忽然發現了坐在大樹上的楊永樂。他搖晃的腿盪來盪去，還穿著和昨天一樣的圓領衫，腳後跟依然露在外面。

「早晨好！」我和他打招呼。

他卻只說了一句：「吃的帶來了嗎？」

我把手裡拿的塑膠袋遞給他，「今天早上食堂裡還真的有雞蛋糕。」

「我早就知道了。」

他怎麼會知道？食堂的大師傅從不輕易透露自己的菜單。

連「謝謝」都沒說，楊永樂就把袋子拿了過去，狼吞虎嚥地吃了起來，看來他餓壞了。我又遞了一瓶礦泉水給他，他也毫不客氣地「咕嚕、咕嚕」喝了個精光。

「好了，我現在可以回答妳三個問題，妳想知道什麼嗎？」

他站起來，一邊說話，一邊像走平衡木一樣地在樹枝上走來走去。

「你不怕摔下來？」我仰頭看著他。

「薩滿巫師從來不摔跤。」楊永樂回答，「現在妳只剩下兩個問題了。」

「這不能算……」

「只要是問題就算。」

「好吧！」我嘆了口氣，但很快又振作起來，「你為什麼想和小龍女結婚？」

他看起來頂多十二歲，這男孩子一定很早熟。

「我拿龍珠給小龍女治病並不是為了娶她，只是為了得到她身上的鱗片。當然，如果只有娶她才能得到鱗片，我也會考慮娶她，她還挺漂亮的。」

「鱗片？小龍女身上的？」

「對，龍的鱗片。我正在製作一種古老而神奇的藥丸——天衣丸，它已經失傳很久了，不過一個老薩滿巫師在他的日記裡記錄了配方。吃了天衣丸的巫師就會具有飛行的能力，像鷹一樣。它的配方裡最重要的一樣就是龍的鱗片。」

他越說越興奮，在樹枝上走的腳步也越來越快，卻沒有一點要摔下來的樣子。這還真算得上是他的絕技。

「可是，你失敗了。」

「總有一天我會想辦法拿到。」

說著，他從樹枝上跳了下來。

「好了，我回答完妳的問題了。」

沒想到我一不小心已經把三個問題都問完了，我有點沮喪，本來我還想問問他從哪裡找來的龍珠，但這次沒機會了。

幾天以後，我餵完野貓梨花回來，故意路過建福宮花園。突然我發現，楊永樂坐過的那棵大槐樹上有張紙條！是寫給我的紙條，沒錯，肯定是楊永樂寫給我的！雖然我沒見過他的筆跡，但是那上面的字就像他的人一樣，歪歪扭扭，亂七八糟。而且建福宮花園沒有對外開放，除了有時會舉辦一些會議，連工作人員都很少到這裡來。

我非常興奮，抓住黏在樹上的紙條讀了起來。那上面寫道：「星期三晚上八點鐘，中和殿門口見！」

星期三？今天不就是星期三嗎？我摺好紙條，飛快地向食堂跑去，現在已經六點半了，我可不希望晚上遲到。

吃完晚飯，我和媽媽說想出去玩一會兒。

「又去找野貓？」媽媽皺皺眉頭。

「嗯！」

我點點頭，我還沒和她談起過楊永樂的事情。

傍晚剛剛下過一場雨，灰色的雲縫裡，露出了明朗得讓人吃驚的墨藍色的天空，清澈極了。

我到中和殿的時候，楊永樂已經等在那裡了。

「還需要再等一會兒。」

還沒等我開口打招呼，他搶先說。

「等什嗎？」

這樣的開頭太奇怪了。媽媽總是告訴我，與朋友見面的時候，互相問好會讓雙方都很高興。但是楊永樂從來沒和我問過好。

「我的一個朋友。」

說完，他就不說話了，也不看我，眼睛只是直直地盯著漸漸暗下來的天空。

當天完全黑下來的時候，中和殿裡有了一點奇怪的動靜。

「叮噹、哐啷……」

我緊張地豎起了耳朵。楊永樂倒是一臉平靜：「他來了。」

「誰？」

「我的朋友。」

就在這時，中和殿的門被撞開了，一個圓滾滾的怪獸跌跌撞撞地跑了出

來。他的頭有點像麒麟，但比麒麟胖，腦門上長著和犀牛一樣的犄角，特別鼓的肚子，屁股後面還拖著一條刺刺的尾巴。他的嘴唇長得很奇怪，向上翻著。一雙圓圓的眼睛，可憐兮兮地望著我們。

這是我見過的最「萌」的怪獸了。

「這是我的朋友角端。」楊永樂介紹。

「角端？」我尖叫起來，「你就是傳說中的角端？」

還很小的時候，就聽媽媽講過角端的故事。他是神獸中的博士，通曉所有國家的語言，知道所有地方發生的事情，總是捧著書護衛在皇帝的旁邊。

「是的，小雨。很高興妳知道我，這個年代，知道我的人不多了。就算是看到我也會把我當作貔貅。」角端盯著我，靜靜地說。

「你怎麼知道我的名字的？」我更吃驚了。

沒等角端回答，楊永樂就插嘴說：「因為他是角端，他什麼都知道，唯獨不知道自己遺失的東西在哪裡。」

「你掉了東西？很重要的東西嗎？」

怪獸也會遺失東西嗎？我有點奇怪。不過想到《西遊記》裡神仙們都會遺失東西，也就覺得沒什麼了。

角端點點頭：「是天書。」

「天書是什嗎？」

「一本寫了很多神仙和神獸祕密的書。」角端老實地回答。

「怎麼遺失的？」

「就是那樣，本來還帶在身上，但是再回過神來找，就發現已經『嗖』的一下沒有了。」

「『嗖』的一下？」

我沉思起來，難道天書自己會飛嗎？如果真的會飛，怎麼才能找到呢？

「你不記得在哪裡遺失的？」我接著問。

角端搖搖頭。

「不知道在哪裡，也不知道怎麼遺失的，那怎麼才能找到呢……」我嘴裡嘟囔。

「楊永樂會幫我找到的。」角端非常信任地看著楊永樂，「上次我的神香掉了，也是這樣，不知道在哪裡，也不知道怎麼遺失的，就是楊永樂幫我找到的。」

這下我好奇了，緊緊盯著楊永樂。

「你怎麼幫他找到的呢？」

「用我的巫術。」楊永樂雙眼盯著地面，若無其事的樣子，顯得特別的鎮定。

「巫術？」

我從上到下打量著楊永樂，他的穿著真的不像什麼薩滿巫師。

楊永樂彷彿知道我心裡想什麼：「無論我穿什麼，薩滿巫師就是薩滿巫師。」

「那你們今天找我來做什麼嗎？」

聽到我的問題，楊永樂突然把臉湊到我的臉前，放低了聲音，神情都變得神祕起來：「因為今天我的巫術需要一個幫手，透過我這兩天的觀察，我認為妳是值得信任的，所以我選擇了妳來做我今天的幫手。」

「那要我做些什麼呢？」我也不由自主地放低了聲音。

「妳只要回答我願意或者不願意。」

我有些猶豫，不知道該如何做決定。這時候楊永樂用滿有誘惑力的聲音說：「這可是妳見識薩滿巫術的好機會，如果能做好，也許我還會教妳一點點巫術。」

雖然我從來沒想過要學什麼巫術，但是如果能學一點我也不介意。更何況，我真的很想知道楊永樂到底有什麼本事。

於是，我回答：「好吧！」

「那我們現在就開始！」

說著，他不知道從哪掏出了一根粉筆，在太和殿前的水泥廣場上畫了一個大大的三角形。他讓我和角端各站在一角，自己也站到一角。

然後，他大聲地問：「準備好了嗎？」

要是他不是這麼一本正經地說話，也許我能更好地做好準備。但是，看到他和角端那麼嚴肅得不得了的神情，讓我感覺好像馬上要打針一樣，緊張了起來。

「準備好了！」彷彿要發生什麼大事一樣，我的聲音都顫抖了。

「那好，我要開始唸咒語了，你們要保持安靜，尤其不能打噴嚏！」

我本來沒想打噴嚏，被他這麼一說，鼻子突然有點癢癢。我強壓住要打噴嚏的感覺，這可是我第一次幫角端和楊永樂的忙，不能搞砸了。

楊永樂閉上了眼睛，雙臂直直地伸向天空，嘴裡還唸唸有詞：「吉咔咔米萊……貝貝七……」

唸完一大段以後，閉著眼睛的他突然朝角端的方向指去，角端很快就移動到了三角形的中心。又唸完一段後，他朝我的方向指來。於是，我趕緊躡手躡腳、顫顫巍巍地走到角端的身邊，一聲都不敢出。

最後一段咒語唸完後，楊永樂也走到我們身邊。他開始唱起歌來，無論什麼字都拉著很長、很長的音。

歌曲結束後，他閉著眼睛向太和殿的方向走去。

「現在我們到太和殿去。」

我和角端緊跟在他的身後。無論是上臺階，還是過宮殿高高的門檻，閉著雙眼的他都走得那麼平穩，很順利地就走進了大殿，這真是太奇妙了。

「角端不要動，李小雨妳聽我的指揮。」

進入太和殿後他仍然沒把眼睛睜開。

「那個方向走十二步。」

我順著他手指的方向走去，嘴裡默默地數著：「一、二、三……十二。」

停下的地方正好是寶象所在的位置。當然，這個時間寶象已經不知道去哪裡閒逛了，剩下的只有他腳下的基座，和他身上馱著的寶瓶。

「這裡嗎？」我轉過身問。

「對，看看那裡有什麼東西沒有？」楊永樂回答。

我在基座旁邊找了找，什麼都沒有。於是我把基座翻開，下面除了灰塵和兩隻奔逃而出的蜘蛛外，沒有什麼特別的東西。寶瓶裡也是一樣。

「什麼都沒有！」我站起來大聲說。

「現在右轉，大步走五步。」新的指令來了。

於是我右轉，邁開腳：「一、二、三、四、五。」

不知道是不是湊巧，這次停的地方正好是角端的基座。我蹲下來，藉著很微弱的院子裡照進來的燈光，仔細地找。我發現在基座與龍椅的中間的地板上有一條細細的夾縫，看樣子像是蟲子啃出的痕跡。夾縫很窄，如果是換作大人的手指大概很難伸進去，更不要說怪獸們粗糙的爪子了，但是我的手指卻正好能伸進去。

我慢慢把手指伸進縫隙，很快，我的指尖就碰到了一個硬硬的東西。我勾著指尖努力一點點把它掏出來，是一本只有巴掌大小的書。難道這就是天書嗎？

「這裡有東西！」我大聲說。

楊永樂和角端一起跑了過來。

「這是天書嗎？怎麼什麼字都沒有？」我隨便翻了幾頁。堅硬的封皮裡，只有一張張泛黃的白紙。

「就是它。」角端拿過天書，一下子把它塞進了耳朵裡。「天書可不是誰都能看到的。」

我有點生氣：「既然你是知曉全世界任何事情的怪獸，那你更應該知曉全世界任何地方的禮儀。我幫你找到了天書，可是你怎麼這麼小氣，連看都不讓我看。」

「妳幫助了我，從此以後妳和楊永樂一樣就是我的朋友了。」角端說，「但是天書的確不是人類能夠看到的。即便妳能聽懂怪獸和動物的語言，妳仍然看不到天書。」

我平靜下來，天書屬於角端，他不給我看一定是有他的道理。

於是，我露出一個微笑：「很高興我又多了一個怪獸朋友。」

「妳應該還有比這更高興的事。」一直沒說話的楊永樂，突然出聲了。

「還有？」我莫名奇妙地望著他。

楊永樂全神貫注地看了我好久，然後說：「經過這次的考驗，我決定收妳做我的助手，並正式教妳巫術。」

「真的？」我的心情說不出的激動，不用說，透過這件事，我真的有點相信，楊永樂如他說的那樣是個薩滿巫師。否則他怎麼知道天書掉到了夾縫裡，而且只有我的手指能拿出來呢？

「是的。」楊永樂嚴肅地說。這一刻他看起來有些不同，那表情很酷，真的有點像個巫師。

「我需要做點什嗎？」我也變得莊重起來。

「從這個星期起，妳每天早上都要靜坐沉思十分鐘。並且每天都要帶兩顆白煮蛋給我。我不會每天出現，所以妳只要把白煮蛋用報紙包好，放到建福宮花園那棵大槐樹下面。如果我有什麼新的指令，我會在樹上留紙條給妳。」

「就這些？」我點點頭，「沒問題。」

我們和角端告別，一起向辦公區走去。

「你今天睡在哪裡？」我問楊永樂。

楊永樂沒有回答。不過看他走的方向，應該是去他舅舅的辦公室。本來我還想問問，他舅舅到底是誰，但是看到他心不在焉的樣子就沒問出口。

明亮的月光下，我可以看清他的脖子上有一根細細的絲線，我還記得幾天前看到他胸前那個閃閃的東西。雖然沒看清楚，但怎麼都覺得有些眼熟。

我摸摸自己胸口的T恤，那裡面藏著洞光寶石耳環。楊永樂他也能聽懂怪獸和動物的語言，會不會另一個耳環就拴在他那根細細的絲線上呢？

直到我們在辦公區裡的一條巷子上分手，我也沒有把那個問題問出口。如果另一個洞光寶石耳環真的在楊永樂那裡，那我早晚會知道的吧！但是現在，洞光寶石耳環仍然是我一個人的祕密。

叄
貪吃的殿神

整整一個星期，我每天下午都會跑到建福宮花園裡，將兩個白煮蛋用報紙包好放到大槐樹下。我從來不知道楊永樂是什麼時候取走雞蛋的，只是等到第二天我去那裡的時候，大槐樹上會黏著一張小字條「收到雞蛋」。

這個星期我一直沒看到楊永樂。直到星期五那天，我發現了兩張字條，一張寫的是「收到雞蛋」，另一張則寫的是「今晚八點樹下見」。

明亮的夏天，連黃昏都變得長了。

我走出媽媽辦公室的時候，天還是亮的，可是到了建福宮花園，天已經變成紫色的了。

大槐樹下，楊永樂正盤著腿坐在地上，他閉著眼睛，似乎在沉思。

我輕手輕腳地走到他身邊，沒敢出聲。

過了一小會兒，他睜開眼睛站了起來，看到我一點也不驚訝的樣子。我注意到，他的屁股上居然沒有沾到泥土。

「坐在地上不冷嗎？」我問他。

他沒回答我的問題：「我希望妳這個星期能夠完成每天早上沉思的任務。」

「當然！」

為了每天早上都能按照他的要求沉思十分鐘，我這個星期每天都要提前十五分鐘起床。

「下星期妳的任務是讀這本書。」說著，他從他剛才坐的地方撿起一本書。原來，他剛才就坐在這本書上面。

我接過書，藉著旁邊的路燈，我看到那上面寫著《薩滿教起源》。這可真是本很厚的書，比《新華字典》還要厚。

「妳給我帶的食物也要換成餅乾，什麼味道的餅乾都可以，但是每天都不能一樣。」楊永樂接著說。

我點點頭。「好吧！」

楊永樂滿意地笑了一下，他笑起來其實還挺好看的，但是我很少看見他笑，他總是繃著臉，一副特別嚴肅的樣子。就像……就像個薩滿巫師。

果然，不過是輕輕笑了一下，楊永樂的表情就變得嚴肅起來。

「我今天找妳來，不光是告知妳下星期的任務。」他說，「因為明天有一件特別重要的事情，對妳能不能成為薩滿巫師非常重要。」

「什麼事情？」我一下子緊張起來，心跳都加快了。

他湊到我身邊，壓低了聲音說：「祭祀。」

「祭祀？」我皺起眉頭。

「就是祭祀神靈。」楊永樂說。

「祭祀什麼神靈呢？」我更好奇了。

楊永樂搖了搖頭：「這個妳現在不需要知道，妳只要為神靈們準備祭品就可以了。」

祭品？聽到這個詞，我身上的汗毛都豎了起來。我聽奶奶講過祭祀河神的故事，而祭品就是年輕的女孩。楊永樂不會想把我當作祭品吧？

我連著向後退了幾步：「什麼……什麼祭品？」

楊永樂卻沒看出我的緊張，他仰著頭，眼睛望著天空，慢悠悠地說：「要是以前，真正的祭品應該是整隻的羔羊。但對妳來說，這太困難了，所以妳就盡可能地多帶點好吃的東西就行了。」

我愣了一下，有些不敢相信地問：「只是帶些好吃的東西嗎？」

楊永樂點點頭，很快補充道：「當然，種類和數量都不能太少，要是不夠神靈們吃，可就糟糕了。」

我鬆了一口氣。

「但是神靈們都喜歡吃什麼呢？」我問。

「肉啊、水果啊、甜食啊……只要是妳覺得好吃的，神靈們都會喜歡。」楊永樂回答，「對了，妳家裡有沒有酒？」

我想了想，爸爸不喝酒，不過上次一個叔叔來家裡做客，好像帶了兩瓶他家鄉的酒。

「應該有。」

「嗯，祭神的時候，酒最重要了。」楊永樂強調。

「可是明天是星期六，我怎麼才能說服我媽媽來故宮呢？」這讓我有些擔心。

「妳不用著急，妳媽媽明天肯定要來加班的。」他肯定地說。

「真的嗎？」我睜大了眼睛，難道楊永樂會用巫術讓媽媽來加班嗎？

「當然，薩滿巫師從來不會瞎說。」

星期六的下午，我午覺還沒睡醒，就被媽媽從被窩裡叫了起來。

「媽媽今天要加班，妳和我一起到辦公室去寫作業吧！」她說。

哇塞！我差點跳了起來，看來楊永樂還真是神呢！

我手腳並用地忙了起來。昨天媽媽剛去超市採購過，家裡有不少好吃的，新鮮的桃子、整隻的燒雞、土司麵包、優酪乳、爸爸的白酒……我把它們都扔到媽媽買菜時用的小推車裡。

媽媽納悶極了，「妳拿這麼多吃的幹什麼？」

還好，因為白酒在最下面，被食物覆蓋住了，她沒看見。

「這……是有原因的。」我一邊故意拖長聲音，一邊絞盡腦汁想快點編出個理由。

「我知道這肯定有原因，是什麼原因呢？」媽媽逼問道，我可以感覺到，媽媽快等得有點不耐煩了。

必須馬上給媽媽一個說得過去的理由，祭祀神靈的理由肯定不行，有了！

我急中生智。

「是這樣，我交了個新朋友。」我回答。

「新朋友？在學校嗎？」

「不是，是在故宮裡。」這個時候，我只能把楊永樂的事情說出來了。

「故宮裡？」媽媽更奇怪了，「遊客嗎？」

「不是，他是被他舅舅帶進故宮的，他舅舅也在故宮裡工作。」

「他是男孩還是女孩？他舅舅叫什麼名字？」媽媽的問題越來越多。

我深吸了一口氣，平靜了一點才回答：「他是個男孩，年齡和我差不多。他的父母離婚後誰也不要他，他只能跟著他的舅舅生活。但是，他舅舅叫什麼，我還不知道，不過，今天見到他，我可以問問他。」

「孤兒嗎？」媽媽的口氣溫和下來，媽媽是個善良的人，平時連小蟲子都不肯傷害。

我點點頭：「算是吧？雖然他爸爸媽媽還活著，但是我看他和孤兒差不多。」

「妳這些吃的是帶給他的？」

「嗯……他看起來挺瘦的，比我還瘦，我想他需要營養。」我覺得這應該不算是騙人。

「好吧！看來他舅舅、舅媽不太負責。」媽媽嘆了口氣，「如果妳再碰到他，妳可以帶他來和我們一起吃飯。」

「沒問題。」

媽媽站起來，又拿了兩盒巧克力派放進了我的推車裡。

「我希望，他能找到冰箱保存這些吃的，這種天氣，這些東西沒多久就會變質的。」她說。

「他……很能吃。」我結結巴巴地說。

媽媽看了我一眼，「他叫什麼名字？」

「他叫楊永樂。」

我帶著滿滿一小推車的食物，在夏末黃昏的昏暗中來到坤寧宮的大門前。東西重，又沒吃晚餐，我的肚子餓得「咕咕」直叫。

站在坤寧宮高高的臺階上，只能看到安靜又空曠的前院，和月光下白皙的白玉圍欄。別說人影，連一隻貓、一隻鳥的影子都看不到。

約的地方是這裡吧？我心裡有點擔心。

就在我正懷疑自己是不是聽錯了地方的時候，身後卻傳來了「卡啦、卡啦」的聲音。

我嚇了一大跳，轉過身去看。眼前，坤寧宮的大門不知道怎麼被打開了，楊永樂的臉從裡面探出來。

「妳都已經來了？那快進來吧！」

我跟著他走進坤寧宮的正殿。大殿的地毯上擺著一盞小小的電燈，它照亮了皇后的寶座和旁邊的神臺。

「你怎麼進來的？」我納悶極了，坤寧宮的大門一直是鎖著的，即便是白天，遊客也只能透過玻璃窗欣賞裡面的展示品。

「沒有一扇門能擋住薩滿巫師。」楊永樂得意地說，「尤其是坤寧宮。」

「為什麼尤其是坤寧宮？」

楊永樂神祕地說：「因為這裡就是歷代薩滿巫師祭祀神靈的地方。」

「這裡不是皇后住的地方嗎？」

「那是明朝的時候，清朝這裡就成了專門的祭祀場所，所以是一個十分神聖的地方。」

我點點頭，心裡暗暗佩服，楊永樂知道的可真不少。

「那今天我們要祭祀哪位神靈呢？」我問。

「一會兒妳就知道了。」楊永樂居然還保密。

他的眼睛在我的小推車上掃來掃去的。

「妳帶什麼好吃的了？」

我打開小推車的蓋子，把裡面吃的一樣一樣拿給他看。

「有白酒、燒雞、麵包、桃子、開心果、咖啡蛋糕，還有優酪乳和巧克力派。對了，這裡還有口香糖。」我從口袋裡掏出一包口香糖。「也不知道神靈們喜不喜歡吃這些？」

楊永樂盯著這些食物，他的肚子裡突然傳出了「咕嚕嚕」的聲音。

「你餓了？」那聲音太響了，我想聽不見都不行。

「一點點。我沒吃晚飯。」楊永樂承認。

「我也是。」我餓得很，恨不得現在就把這些食物都吃了。「不過，一會兒祭祀結束了，我們就可以把這些東西都吃了。」

「到那時候，大概什麼東西也留不下了。」楊永樂說。

「怎麼可能？」

我是見過奶奶祭祀月亮奶奶的，那些蘋果啊、月餅類的供品，不過是在月亮下面擺一擺，然後我們就能吃了，連一個月餅渣都不會少。

「今天我們祭拜的可不是一般的神靈，今天祭拜的神靈，個個都是很能吃的傢伙。」楊永樂說。

「你是說，祂們真的會吃？」我不敢相信地問。

「當然，不過我們可以和祂們一起吃。」楊永樂回答。

和神靈一起吃晚餐？真的可以嗎……

「好了，東西既然都擺好了，我們就開始請神靈吧！」

說著，他跪倒在神臺前，叩了三個頭。然後，不知道從哪裡拿出一面圓圓的手鼓。

他跑出坤寧宮，朝著南面的方向，敲了三下鼓，把一隻手攏成一個喇叭形，大聲吼了起來：「南面的殿神，請顯靈吧！」

然後，他跑到坤寧宮的西邊，對著西方大聲喊道：「西面的殿神，請顯靈吧！」

接著，他轉移到了坤寧宮的北邊。「北面的殿神，請顯靈吧！」

隨後，他站到坤寧宮的東邊，大喊：「東面的殿神，請顯靈吧！」

最後，他回到坤寧宮的大殿裡，關上大門，嘴裡開始唱起歌來：「呃羅囉……」

唱完，他一屁股坐到地毯上，累得直喘氣：「請殿神也不容易啊！」

看到這個情景，我的眼睛都瞪圓了：「薩滿巫師都是這樣請神靈嗎？」

楊永樂搖搖頭說：「每個薩滿巫師請神靈的方式都不一樣，但我的師父是這樣教我的。」

「殿神到底是什麼神啊?祂們真的會來嗎?」我有點懷疑。

「殿神就是守護故宮各大宮殿的神靈啊!」楊永樂回答,「瞧!已經有人到了。」

楊永樂往大門的方向看去。

真的,門一下子被推開了,兩個穿著綢布衣裳的神靈站在那裡。祂們一個穿著紅色的袍子,一個穿著綠色的袍子。矮矮胖胖的像兩個人偶一樣。

「歡迎蒙古神!」看到祂們,楊永樂合起雙掌拜了三下。我也跟在他身後,拜了三下。

不一會兒,有一位穿著七彩長裙、頭戴珠寶的女子站到了門前。

楊永樂趕緊迎過去:「歡迎佛庫倫仙女。」

佛庫倫仙女點點頭走進來,端坐在蒙古神的旁邊。

就在這時,響起了很重的腳步聲,一個紅色臉龐、極為威武的神靈走了進

來。緊跟在祂後面的是一位拄著枴杖、滿頭白髮的神靈。

楊永樂極為尊敬地叩拜：「歡迎伏魔大帝，歡迎土地神。」

伏魔大帝走到楊永樂面前，用極為洪亮的聲音說：「今天是祭祀殿神的日子，除了楊永樂你，世上已經沒有人記得了。」

「是啊！」紅衣蒙古神接過話，「今天東門和西面的殿神們都沒有來呢！祭祀殿神的人越少，離開的殿神就越來越多啊！」

「這裡越來越寂寞了。」土地神也說話了，「如果有一天連楊永樂都不來祭祀我們了，我們也早晚都會離開吧！」

「我會每年都準時祭祀的。」楊永樂著急地說，「請大家一定不要離開故宮，祢們可是守護著這座宮殿的神靈啊！」

所有的神靈都不出聲了，祂們默默地看著楊永樂，坤寧宮籠罩在神靈們身上發出的淡淡微光中。

偏偏這種莊嚴的時候，我的肚子裡傳出很響、很響的「咕嚕嚕」的聲音。

「這位姑娘是誰啊？」綠衣蒙古神問。

終於有人發現我了！

「這位是我的助手李小雨，今天的祭品就是她帶來的。」楊永樂介紹。

「大家好！」

我雙手合十，給每個殿神都作了個揖。

「就這些東西嗎？」土地神揚了揚眉毛。

「想當年，清朝皇后們給殿神們的供品至少要有六十三樣呢！」祂一邊捋著白鬍子一邊說，「光水果就有九種，點心要有十八種，羊呀、鹿呀、雞、鴨、魚……這些就更多了。」

「是啊，我最喜歡的供品是青胡桃。」佛庫倫仙女微笑著說，「葡萄乾先用蜂蜜浸透，把青胡桃砸開，把裡頭帶澀的一層嫩皮剝掉，淋上葡萄蜜汁，冰

鎮了吃。那味道好多年沒嚐到了。」

「要說起清朝的甜品，杏仁豆腐和棗泥糕的味道真是明朝的甜品無法比的。」土地神也笑瞇瞇地說。

聽到這裡，我有點生氣了。這些供品可是我好不容易才說服媽媽拿來的，居然還被神明們嫌棄。

一百多年前的食物，怎麼會有現在的食物好吃呢？那時候，中國連巧克力和霜淇淋都沒有。

我正生悶氣的時候，一個熟悉的聲音在我的腳邊響了起來：

「棗泥糕的味道可比巧克力派的味道差遠了。喵。」

我低下頭，野貓梨花正蹲在我的身邊，一隻爪子抓著一盒巧克力派。

「梨花？妳什麼時候來的？」

這隻神出鬼沒的貓，不知道什麼時候溜進了坤寧宮，連殿神們都沒發現。

「天哪！是貓！」

土地神一下子跳了起來，躲在伏魔大帝的身後，一點神靈的威嚴都沒有了。

「梨花，妳的鼻子還真靈啊！。」伏魔大帝居然認識梨花。

「是啊！聞到燒雞和巧克力派的味道了。喵。」梨花睜大了水汪汪的藍眼睛，擺出一副很可愛的樣子，「不過，伏魔大人，您什麼時候能接受《故宮怪獸談》的獨家訪談呢？我可是拜託您很久了。」

「這個……今天是祭祀殿神的日子，大家還是開始享用供品吧！」說著，伏魔大帝拿起一塊咖啡蛋糕放進嘴裡，臉上露出了驚訝的表情：「這糕的味道……還真不錯呢！」

聽到伏魔大帝這麼說，其他的殿神也都吃了起來，只有土地神仍然躲在伏魔大帝身後，不敢出來。

「土地神怕貓。」楊永樂輕聲在我耳邊說。

我把梨花抱到懷裡，對土地神說：「土地公公，您出來吧！我把貓抱住了。」

土地神這才從伏魔大帝身後走出來，神態輕鬆了不少。

「這巧克力派的味道還真不比棗糕差呢！」佛庫倫仙女遞給他一塊巧克力派。

大家一邊高興地吃著點心，一邊喝著瓶子裡的酒。不一會兒，每個殿神的臉上都紅通通的。

「就這麼吃也太無趣了。」紅衣蒙古神說，「佛庫倫仙女變些小花樣，讓大家欣賞一下吧！」

佛庫倫仙女微笑著點點頭，她伸出一根手指，慢慢地從那根手指裡一點、一點長出一條七彩顏色的彩虹，彩虹慢慢伸展著，不一會兒就彎彎曲曲地繞了宮殿一圈。那顏色也越來越濃，越來越鮮豔。突然，彷彿是顏色濃得已經承受不住一樣，「噗！」的一聲，整條的彩虹都爆炸開來，所有的顏色都變成了一群群搧動著豔麗翅膀的蝴蝶，彩色的蝴蝶像花一樣飄飄揚揚。

「太美了……」我的眼睛都快被蝴蝶遮住了。

「真好看。喵。」連我懷裡的梨花都說。

蝴蝶們像落下來的花瓣一樣，一沾到地面就消失得無影無蹤了。落下的蝴蝶後面，卻出現了幾個紅衣服的女子，在坤寧宮綠色的地毯上跳起舞來。我一眼就認出來了，她們不是蒙古的新娘們嗎？那高高的帽子，兩邊流蘇般的寶石掛墜，這些都是蒙古出嫁的新娘才會穿的衣服啊！

新娘們跳著出嫁時才會跳的蒙古舞蹈，旁邊的紅衣蒙古神為她們打著節拍。

這是蒙古神的魔法啊！

「烏蘭托婭……」

聽，那些蒙古新娘們還哼唱著歌曲呢！這可真好聽。

不知什麼時候，舞蹈結束了。新娘們如一團團紅色煙霧一樣地散開，不知道去哪兒了。

我回過神來才發現，眼前的地毯上已經空空蕩蕩的，什麼食物都沒有了。

可是，我還什麼都沒吃呢！

楊永樂收拾好地面上的包裝紙。

「今天的祭祀就到這裡吧！」伏魔大帝用祂威嚴的聲音說。

我們合住雙掌，彎下腰，殿神們在我們的恭送中，依次離開了。

「明年的祭祀，李小雨妳也要參加啊！」伏魔大帝臨走時說。

「記得多帶些巧克力派。」土地神補充說。

「如果土地公公喜歡，我可以每隔一段時間就送一點到土地公廟去。」我

說。

「真的嗎？」祂看起來很高興。

「真的。」我使勁點著頭。

送走了所有的殿神，我和楊永樂、梨花走出坤寧宮的大門。

「這裡怎麼才能鎖上呢？」我有點擔心地問楊永樂。如果明天工作人員發現這裡的門開了，一定會以為是遭小偷了呢！

「這個我有辦法。」楊永樂拍拍胸脯，「妳們先走吧！」

雖然，我特別想知道楊永樂有什麼辦法，是不是會用什麼巫術，但是此刻我都顧不上了。我朝著食堂的方向跑去，一整個晚上什麼東西都沒吃，我可真是餓壞了。

肆

故宮失物招領

我把一盒巧克力餅乾放到建福宮花園裡的大槐樹下，這已經是這個星期的第三次了，星期一和星期二我分別放了 Oreo 夾心餅乾和消化餅。

自從上週六祭祀殿神們之後，我就再也沒碰到過楊永樂。不過他的紙條每天都有，像今天的紙條上就寫著：「收到消化餅，妳什麼時候返校？」

他怎麼知道我暑假返校的日子要到了？他和我又不是同一所學校。我從書包裡掏出圓珠筆，在他的問題後面寫下：「星期五上午返校。」

第二天，我又去放餅乾的時候，紙條上的內容已經變成了：「收到巧克力曲奇。週五下午兩點，失物招領處見！」

故宮的失物招領處？雖然我幾乎每天都在故宮晃蕩，但是失物招領處我還從來沒去過。這主要是因為，那個地方實在是太不引人注意了。聽說它就在儲秀宮的裡面，可是我路過儲秀宮很多次，仍然不知道它在哪兒。

我把紙條塞進口袋。儲秀宮就那麼大，我相信自己明天能順利地找到失物招領處。

下午放學，我衝進媽媽的辦公室，把書包甩到沙發上，一秒不停地又衝了出去。

夏天的風穿過故宮紅紅的宮牆，知了們趴在古樹上哼唱著催眠曲。午後的故宮，彷彿睡著了一樣。

儲秀宮可是故宮最漂亮的宮殿，遊客參觀故宮沒有不去那裡的。但是即便是這樣，在這樣酷熱的夏日午後，儲秀宮的院子裡只能看到一兩個在走廊的陰影裡乘涼的人。

我走過養和殿、緩福殿、鳳光室、猗蘭館，一直走到了慈禧太后的臥室麗景軒，才在它後面發現一塊小小的木牌。木牌上面用朱紅色的顏料寫著「失物招領處」五個字。

木牌的旁邊是一條只有一人寬的長長的走廊。走廊兩邊的牆壁都油漆過，裝飾得非常漂亮。走廊的中間有一扇木門。門是敞開的，我走了進去。真沒想

到，這麼一扇小小的門裡面，卻是一間很寬敞的房間。房間裡沒有窗戶，但是卻很明亮。我抬起頭，發現屋頂上有很大的兩扇天窗。

屋子裡的擺設很簡單，只有一張黑色的櫃檯，櫃檯後面不遠的地方有一扇塗著黑漆的門，門沒關好。我從門縫望進去，能看到一排排高大的架子。

一個穿著白汗衫的老爺爺正站在櫃檯前，他拍拍口袋，卻沒有找到要找的東西。他看到我，嘆了口氣。

不一會兒，一個幾乎和楊永樂一樣瘦的男人走了出來，他穿著寬大藍色的工作服，做一些動作的時候，特別像一隻大蝙蝠。

那男人看看我，又看看老爺爺。

「我丟了錢包，是個舊舊的、有裂紋的黑色錢包。」老爺爺乾枯的手顫顫巍巍地在空中比劃著。

那個男人冷淡地點點頭，從櫃檯裡拿出一張表格和一支筆，指了指那些空格。老爺爺乖乖地開始一行、一行地填起表格來。

趁這個時候，那男人轉身走進黑色的門。門完全敞開著，讓我能看到他用一把鑰匙打開了一個金屬櫃子，那應該是個保險櫃。他選了一樣東西，順手放進工作服的大口袋裡，就又走了回來。

「你的錢包上有什麼圖案？」他問。

他的聲音沙啞極了，讓人一聽就很難忘。

「圖案？沒有圖案啊！」老爺爺驚訝地反問。

那個男人滿意地點點頭，接著又問：「記得裡面有多少錢嗎？」

「哦……不，對，我記得。」老爺爺說，「買門票前還有五張一百塊錢的鈔票，和幾塊錢零錢，我買的是老年票，三十元。」

「那您的錢包裡應該還有四百七十元。」那個男人確認。他把錢包面無表情地遞給老爺爺，說：「您數數。」

老爺爺抓住錢包：「就是這個，就是這個。看，我的身分證還在裡面，這上面的照片不是我，還會是誰？」

老爺爺道了謝，轉身便要離開，但是那個男人拉著他，並遞給他另一張表格，要他把每一欄都填上。

「妳找什麼？」那個沙啞嗓子的男人轉向我。

「我不找什麼，我在這裡等人，我和朋友約好在這裡碰面。」我回答。

男人滿臉不耐煩：「這可不是等人的地方，也不是小孩玩的地方，妳最好出去等。」

「可是，我和楊永樂約好在……」

「誰？楊永樂？」他側過臉，斜著眼睛看著我。

「是的，你認識他？」我仰起頭。

他從頭到腳把我打量了一遍，那眼神怪怪的，讓我有點不舒服。

「永樂！」打量之後，他把頭探進那個黑色的門裡。

很快就聽見楊永樂的聲音從不知哪裡的房間深處冒出來：「什麼事？」

「有人找！」那男人用沙啞的聲音喊著。

不一會兒，從似乎很遠的地方傳來一陣腳步聲，越來越近。緊接著，楊永樂從黑色門裡跳了出來。

「李小雨！妳沒遲到！」他看起來挺高興。

我對著他點點頭，但是眼睛仍然盯著他旁邊那個啞嗓的男人。不知道為什麼這個男人讓我有點緊張。

「這是我舅舅！」楊永樂仰著頭說，「整個失物招領處都歸我舅舅管。」

原來他就是收養了楊永樂的舅舅。

我和他打了個招呼，「叔叔好，我是李小雨，我媽媽是文物庫房的保管員。」

楊永樂的舅舅迅速地點了下頭，沒有說話。

「快！進來吧！」楊永樂招呼我。

他的舅舅打開櫃檯旁邊的隔板，讓出了一條路。我走了過去，跟著楊永樂走進了那扇黑色的木門。

後面的房間比我想像的還要大。

「這裡很棒吧！」今天的楊永樂好像特別興奮。他平常很少說這麼多話。

「妳知道嗎？」他湊到我耳邊說，雖然這裡除了我們，沒有一個人。「這裡以前是慈禧太后的密室。」

「密室？」

「嗯！因為旁邊的房間就是慈禧太后的臥室。這裡啊，以前有一面可以移動的牆，表面上看是牆，實際上是可以動的木板，牆後面就是這裡。聽我舅舅說，慈禧太后曾經把好多的寶貝都藏在這裡。後來，故宮把這面牆拆了，把

這裡變成了失物招領處。不過，聽說故宮裡很多的走道都隱藏著這樣的密室呢！」

說實話，聽到密室的事，我一點也不驚訝，在這裡工作的人都知道，故宮裡有數不清的祕密。

我們經過兩排和天花板一樣高的架子，那上面塞滿了東西。我越走越慢，走到放各式帽子的架子時，我停了下來。那上面什麼樣奇怪的帽子都有，甚至還有一頂帶頭巾的阿拉伯帽子。我拿起阿拉伯帽子，比劃了一下，它大出我的頭太多了。

「這個居然也會丟？」

楊永樂聳聳肩：「在這裡待久了妳就知道，什麼東西都有可能會丟。比這奇怪的東西可太多了。」

「什麼東西比這還奇怪？」

我放下帽子，看到不遠的貨架上居然還有一段小腿的義肢。

楊永樂看看周圍，確認他舅舅沒有跟進來，他用非常低的聲音在我耳邊說：「如果妳今天晚上十點以後來這裡找我，就能親眼看到這個世界上什麼奇怪的事情都有。」

「為什麼一定是晚上十點？」我越來越好奇了。

「因為，那是失物招領處開始夜間營業的時間。」楊永樂神祕地笑笑。

這裡居然夜間還營業？我瞪大了眼睛。那個時間，什麼樣的人才會光顧呢？

楊永樂帶領著我繼續走到放著一堆雨傘的架子前面，有白傘、黑傘、紅白相間的傘、彩虹顏色的傘……這裡的傘絕對足夠開一家雨傘店。

再往前走是被遺留在故宮裡的衣服，夾克、大衣、毛衣、圍巾……甚至有印著超人標誌的紅斗篷。

我越看越驚訝，沒想到會有人把這些東西帶到故宮裡來，而且把它們遺失在這裡。

楊永樂好一陣子沒有說話，像是想讓我自己感受，在故宮裡遺失的東西有多麼的五花八門。

「如果有人來認領這些東西，你們怎麼能確認這就是他的呢？」我問。

「失主得證明，我們會要求他準確地描述，比如會問裡面有什麼東西，有什麼特別的記號，多大尺寸什麼的，反正我舅舅有他自己的一套方法。」楊永樂回答。

轉完了一圈，我們重新回到黑色的門前。

「妳今天晚上會來嗎？」他輕聲問。

我想了一下，媽媽最近一直在加班，今天晚上住在她辦公室裡的可能性很高。

「如果我媽媽加班到很晚我就來。」

「晚上十點。」楊永樂提醒我。

「記住了。」我點點頭。

楊永樂打開黑色木門，我走了出去。楊永樂的舅舅還站在外面，正在接待一位哭哭啼啼的女遊客，她好像把結婚戒指弄丟了。

我禮貌地和楊永樂的舅舅告別，他面無表情地打開隔板讓我出去。走出失物招領處，我鬆了口氣。怪不得楊永樂那麼怕他舅舅，這個人真的是很奇怪的樣子。

晚上十點的故宮，即便是夏天，也會有陰冷的感覺。月亮已經出來了，鮮黃的掛在高高的宮牆上面，照亮了故宮裡的巷子。

我只穿了睡衣，憑藉手電筒的一點光亮，穿過一道又一道宮牆，來到儲秀宮的院子門前。以往，故宮休館，工作人員下班以後，這道門就鎖上了。可是今天，我只是輕輕一推，它就開了。

我跑進院子，穿過一道道門廊，終於看見失物招領處的小木牌了。儲秀宮的院子裡黑漆漆的一片，但那個小木牌上不知被誰掛上了一個小燈泡，照亮了木牌上的字。

木門沒關緊，我推門進去。屋子裡只有櫃檯上的檯燈是亮著的，昏暗的、暖黃色的色調充滿了神祕的氣氛。

「晚上好！」我大聲說。

「來了，來了！」黑色的小門後面響起了楊永樂歡愉的聲音。

他從門裡跑出來：「妳來得正好！趕緊幫我一起整理物品，一會兒客人們就要來了。」

「嗯！」

看見他那麼著急的樣子，我慌慌張張地跟著他跑了進去。

「你舅舅呢？」我不忘問他。

「他回家了。」

「你一個人留在這裡？」

「我喜歡晚上一個人留在這裡。」他頭也不回地說。

剛一進門，我就被嚇了一跳。靠近門的那兩排架子上的東西，已經和白天完全不一樣了。什麼帽子啊、雨傘啊都不見了。一層層的隔板上，放的都是一些我沒見過的，更不知道怎麼用的東西。它們有的看起來已經有些年頭了，有的簡直是老古董，有的還在自顧自地發著光，有的則一副隨時要跳起來的模樣……

總之，都是些稀奇古怪的東西。

「這是什嗎？」

我捏起那個發著白光的、雞蛋大小的圓球。

楊永樂湊過來，「這應該是鯨魚的眼睛。」

「鯨魚的眼睛？」我立刻把它重新放回到貨架上，「幹什麼用的？」

「應該和夜明珠差不多，古代的時候可以當電燈用。」

我點點頭，不愧為薩滿巫師，楊永樂懂的比我多太多了。

「這是魚的雕塑？」

我拿起一塊刻成魚的大石頭。

「這是石魚。」楊永樂說，「傳說可以讓死魚復活。」

我的興趣來了：「你試過嗎？」

楊永樂搖搖頭：「這是別人遺失的東西，怎麼能亂用呢？」

「這麼奇怪的東西到底會是誰遺失的呢？」我不禁問。

楊永樂笑了一下：「這只有它的主人來認領它的時候才知道了。」

這個時候，門外突然響起「哐噹」一聲，緊接著是一個洪亮的聲音：「有人嗎？」

楊永樂邊走邊把一個破舊的行李箱移到一旁，我跟著他走到門口。

眼前是個大個頭的怪獸，他有龍一樣的頭，卻長了豹子的身體。不用說，他一定是龍的兒子們中的一個。

他看起來有點傲慢，也有點兇，我躲在門框後面，只探出半張臉，偷偷看他。

「你想找什麼？」

楊永樂倒是一點都不怕的樣子，和往常一樣連招呼都不打。

「我要找個梨花木盒，大約有一把劍那麼長。」怪獸不客氣地說。

「什麼時候遺失的？記得在哪掉的嗎？」楊永樂更不客氣。

「應該是一天前，在弘義閣西廡。」

「你能說明裡面有什麼東西嗎？」楊永樂接著問。

「有五把飛刀，都是天上的神將打造的，上面有天庭的標記。」

楊永樂點點頭，遞給怪獸一張表格。

「把每一欄都填清楚。」

怪獸生氣地瞪大了眼睛：「你在戲弄我嗎？我的爪子怎麼能握住筆呢？」

楊永樂一點都不著急地把筆和表格收回來。

「這是程序，每個來找遺失物品的客人都要填。無論他是人、動物、神仙還是怪獸。」他說，「不過既然你不方便，那我來幫你填吧！姓名？」

「睚眥。」怪獸說。

我在門後吸了一口冷氣，原來他就是龍的第五個兒子睚眥啊！傳說他可是非常兇猛的怪獸，最喜歡打打殺殺。所以很多刀和寶劍的上面都有他的雕像。

「居住地？」楊永樂一邊問一邊寫。

「武備館。」

楊永樂又填上了物品的遺失時間和遺失地點，然後抬起頭：「這就行了。的確有這麼個盒子送到了我們這裡，你等一會兒。」

楊永樂走到貨架旁，從放著各種刀、劍、枴杖的那層隔板後面掏出一個不小的盒子，盒蓋上裝飾著一條龍的圖案。

「是這個嗎？」

「就是它。」

睚眥想把盒子立刻拿回去，楊永樂卻抱著盒子後退了幾步。

他打開盒子查看裡面的東西，五把閃著白光的刀整齊地排成一排。他拿起一把刀，尋找天庭神將們的標記。

「你到底還不還給我。」睚眥低吼著，看起來他的脾氣不太好。

我忍不住打了個寒顫。

「對不起。」楊永樂冷靜地說，「還需要一個小小的證明，請你使用一下這些刀，如果你知道這些刀的使用方法，就可以拿回你的木盒。」

睚眥一點也沒感到驚訝，反而很樂意地說：「可以，簡單得很。」

他立刻張望有沒有合適的地方，不滿意地搖搖頭說：「這裡太小了，如果我在這裡使用它們，恐怕你的失物招領處就要塌了。」

「去院子也可以。」楊永樂說。

「那就去院子吧！」睚眥說著，把刀叼到嘴裡，轉身出門。

楊永樂跟著睚眥走到院子，我也遠遠地跟著。

什麼話也沒說，連句「開始了」也沒說，五把銀白色的刀已經像穿梭在大海裡的飛魚一般竄上了天空。

它們投下的光束比月亮還亮，那光亮越來越大，蓋住了天空。我們都瞇起眼睛，儲秀宮的青石磚地上清晰地投下了我們的影子。

一瞬間耀眼的光芒後，五把刀像流星一樣落了下來，它們的身後跟著長長的光尾，比過年時璀璨的煙火還好看。

它們就那樣落了下來，一下子插進楊永樂腳邊的青石板裡，彷彿那不過是軟泥。光亮消失了。

「這下可以了嗎？」睚眥轉過頭去問楊永樂。

楊永樂點點頭，「可以確定，這盒子是你的，請拿走吧！」

睚眥離開了。我們回到失物招領處，還沒來得及喘口氣，就有人進來了。

「嗨！這裡的人還沒睡覺吧？喵。」

一隻肥胖的大黃貓扭著屁股走了進來。

我一眼就認出來了，這不是野貓金毛嗎？野貓裡就屬他最能吃了。

「金毛，你怎麼來了？」我從櫃檯後面站起來。

「小雨怎麼也在這兒？這還真少見。喵。」金毛哼哼唧唧地說。

「嗯，我是楊永樂的助手。」

「那這麼說，我撿到的這個東西也可以交給妳了？喵。」

說著，金毛把脖子上掛的一支毛筆拿了下來。

「毛筆？你在哪撿到的？」

我把毛筆拿過來，挺舊的，筆桿上的毛都快掉光了。這不會是哪個遊客扔的垃圾吧？

「在珍寶館那邊。」金毛有點得意地說，「我覺得它不是一支普通的毛筆喲！喵。」

「你怎麼知道？」

我用手捋著毛筆上不多的毛，怎麼看都覺得它就是一支舊毛筆。

「因為啊，」金毛故作神祕地說，「這個時代誰還會用毛筆呢？它居然掉在珍寶館的院子裡，這本身就很奇怪，不是嗎？喵。」

我差點暈倒，這是什麼理論？

「也許就是因為沒用了才被人丟掉的……」

可能是聽到了我們的聲音，整理貨架的楊永樂走了出來。

「給我看看。」

我把毛筆遞給他。他仔細看了看，然後很正式地遞給金毛一張表格。

「東西收到了，請填一下你的聯繫方式，等到失主找來了，可以付給你酬金。」

金毛撒嬌著說：「還像每次一樣，楊永樂你幫我填吧！喵。」

楊永樂輕輕嘆了口氣，算是同意了。他幫金毛填好表格，然後問：「這次東西很貴重，請問你想要什麼形式的酬金。」

「貴重嗎？喵。」金毛高興地叫起來，「我就說了，果然還是楊永樂識貨。

酬金嗎？就要貓罐頭好了，好吃還不易壞的，要不然這麼熱的天，其他好吃的動不動就發霉了。」

我奇怪地把毛筆拿過來看了又看，還是看不出這支破毛筆有什麼貴重的。

「這支毛筆不就是支舊毛筆嗎？」我問楊永樂。

「當然不是。」楊永樂一邊在酬金欄裡寫下「貓罐頭」，一邊說，「這可是大名鼎鼎的五色筆。如果在古代的時候，所有的書生哪怕用自己全部的財產，也願意去換這支筆。」

「啊？為什麼啊？」我太吃驚了。

「因為只要使用五色筆，哪怕你連字也不認識，也可以寫出最棒的文章和詩詞。」

這麼厲害？我開始重新看待這支毛筆了。

楊永樂把五色筆放到貨架上書的那層。我追了進去：「那如果我用它答試卷，是不是它自己就能寫出答案呢？」

楊永樂想了一下，「有可能，古代的時候曾經有書生帶它去參加科舉考試的。」

我跳了起來：「那我期末考試的時候能不能借用一下？」

「不行！」楊永樂斷然拒絕了我，「失誤招領處的第一條規則就是不能擅自使用收到的失物。妳不行，我、我舅舅，都不能用。」

我聽了有點沮喪，不再說話。

楊永樂小聲嘀咕了一句：「考試的時候，居然還有人想用毛筆呢！」

聽了這句話，我忍不住笑起來。是啊！考試的時候怎麼可能用毛筆呢？

夜已經相當深了，我打了一個大大的哈欠。

「我想回去睡覺了。你不去睡覺嗎？」我問楊永樂。

「不。」楊永樂搖搖頭，「這裡要營業到凌晨四點半呢！」

「你整夜都不睡覺？那你什麼時候睡覺呢？」

「上課的時候啊！」楊永樂說，「不知道為什麼，一聽到老師的聲音，我就像聽到了催眠曲。」

「我知道你的成績怎麼樣了。」我笑著說，同時心裡有了一個想法，我要不要找個時間替他補補課呢？

「我要回媽媽辦公室去了，要是她睡醒看不到我可就糟了。」我說，然後我突然想到一件事，「如果沒人來認領的東西該怎麼辦呢？畢竟大多數的東西都是可以替代的，不是嗎？」

楊永樂驚訝地看著我，他轉過身，面向塞滿失物的架子，說：「有的時候會被拍賣。不過，小雨，不是所有東西都能被替代的，絕不是所有東西，總有一天妳會明白。」

雖然並不太明白，我還是點點頭。到底什麼東西不能被替代呢？回家的路上我一直在想這個問題。已經能看到媽媽辦公室的燈光了，我跑了起來，問題也拋到腦袋後面了。

伍 御花園裡的火車站

「這兩天，御花園可熱鬧了。喵。」野貓梨花說。

她剛剛吃飽貓糧，正蹲在我身邊一起遙望著西邊即將落下的太陽。

夏天的夕陽，把故宮照得紅彤彤的。溫熱的風吹過，我的紅裙子飄盪了一下。

「御花園嗎？這麼好的天氣，那裡的花兒都開了吧！」

夏天是御花園一年中最熱鬧的季節，火紅的海棠花、奶油色的太平花、淡紫的丁香花、粉色的睡蓮……讓人怎麼看也看不夠。

「這兩天熱鬧的可不光是花仙們啊！喵。」梨花意味深長地說。

「哦？」我歪過頭去，「是遊客太多了嗎？」

暑假以後，故宮的遊客似乎越來越多，到處都是人。

梨花搖搖頭，白色的皮毛已經被陽光染成了粉紅色。

「是故宮裡神獸和神仙們啊！喵。」她慢悠悠地說，「這會兒一到晚上，就全都擠到御花園去了。喵。」

「啊？」

我從臺階上跳下來，站到梨花面前。

「出什麼事了嗎？」

「什麼事？」梨花奇怪地看著我，「每年快到中元節的時候，不都是這樣嗎？喵。」

「中元節？」

梨花不屑地撓撓耳朵，「就是鬼節啊！妳居然連中元節都不知道。喵。」

原來中元節就是中國的鬼節啊！怪不得這兩天大街上賣紙錢和荷花燈的人多了。

「鬼節和神獸、神仙們有什麼關係？」我還是不太明白。

「神獸和神仙們都要出去度假，故宮的鬼魂們才敢出來過節啊。喵。」梨花說。

原來是這樣。我點點頭，真沒想到神獸和神仙們每年也會去遠方度假。

「那他們為什麼都要擠到御花園裡？」

「因為故宮裡只有御花園有火車站。喵。」

「火車站？」我一下子跳了起來。

御花園有火車站？我怎麼會不知道？從很小的時候，我就經常去御花園玩了，那裡的每個角落我都非常熟悉，可是卻從來沒聽說過，那裡還藏了個火車站！

「別大驚小怪的，喵。」梨花面無表情地說，「我正好想在《故宮怪獸談》上做一期鬼節的專題。妳要是感興趣，一會兒可以和我一起去看看。」

「好！」我一下子來了精神。

夕陽落下，天就完全黑了。又沒過一會兒，故宮裡的街燈依次亮了起來，像是暗藍色的湖水中，一盞盞被點燃的荷花燈。

我跟在梨花後面來到了御花園。夜色中，這裡的景色和我熟悉的景色沒什麼兩樣，只是不知道什麼時候，在御花園最寬闊的一段彩色石子路上，千秋亭的旁邊，多了一座古老的歐式火車站。

似乎正是火車站點燈的時候。

御花園裡火車站的燈光，是成熟了的桔子的顏色，即便遠一點望去，也令人覺得溫暖。車站裡，一列只有三節車廂的綠皮小火車，像睡著了似的停著，好像已經停了幾百年了。

我們沿著石子路慢慢走過去。火車站的月臺上，陸陸續續的有乘客正從故宮的各個方向趕來。他們有高大的怪獸，也有衣著華麗的神仙。他們有的拉著大大的行李箱，有的卻只背了一個小小的包袱。無論是誰，臉上都喜洋洋的，一副要出遠門的樣子。

我還是第一次見到這麼多的神獸和神仙們聚集在一起，都看呆了。

呃？一個熟悉的身影跑進我的眼睛，那不是騎鳳的仙人嗎？他的小鳳正不耐煩地跟在他後面。

「霸下兄，你今年去哪裡啊？」我聽見仙人問他身邊一個怪獸，他長著龍

頭，身體卻像一隻大烏龜。

這不是故宮裡馱著各種石碑的怪獸霸下嗎？我張大了嘴巴，連他都要去旅行了嗎？那故宮裡的石碑可怎麼辦呢？

「我要去南海拜訪一些老朋友。」霸下粗聲粗氣地說，「不知道仙人兄要到哪裡去呢？」

仙人得意地笑了笑說：「我要去重慶仙女山泡泡溫泉，在屋簷上風吹雨打了一年，這身筋骨實在需要放鬆放鬆。」

霸下一邊羨慕地點頭一邊說：「仙女山的溫泉聽說可以治療百病，還是仙人兄會享受。等明年中元節，我也去仙女山泡溫泉。一年到頭都馱著個石碑，早就累壞了。」

正偷聽著，有人在我的肩膀上拍了一下。我被嚇得一哆嗦，回頭一看居然是楊永樂。

我吃驚地問：「你怎麼知道我在這裡？」

「誰來找妳的，我是來送我一個朋友的。」他往身後指了指。

楊永樂的身後站著的不正是擁有獅子的頭、鳳凰翅膀的嘲風嗎？楊永樂居然和擁有地震、海嘯、天炎力量的嘲風是好朋友。故宮裡的怪獸們都知道，威風的嘲風有時候連龍都不放在眼裡呢！

「你居然能和嘲風做朋友……」我佩服地看著楊永樂。

楊永樂笑了笑，向嘲風介紹：「這是李小雨，我的助手。」

「嘲風，你好！」我激動地和嘲風打招呼。

嘲風沒說話，只是很有風度地點點頭。

他提著一個大大的黑箱子。這麼大的箱子裡，究竟塞了些什麼呢？我好奇地看著那個箱子。嘲風的箱子裡應該裝著想不到的耀眼的好東西吧？

這時候，野貓梨花不知道從哪裡冒了出來。

「咔嚓！」

大家都還沒回過神，她就已經按下了迷你相機的快門。

「嘲風，你今年去哪裡度假呢？喵。」

嘲風愣了一下，「應該是去……崑崙山吧！」

「崑崙山可是好地方啊！喵。」梨花一邊飛快地在紙上寫下什麼，一邊接著問，「那你會與崑崙山七仙女中的哪個見面呢？」

嘲風板起臉來，不再理梨花了。他轉身對身邊的楊永樂說：「我上車了。」

楊永樂點點頭，一直送他到第二節車箱的車門前。一路上，嘲風都沒再看梨花一眼。

「這個傲慢的傢伙！喵。」梨花生氣地說，「偏偏那些鴿子、喜鵲、烏鴉、麻雀這些長翅膀的鳥兒們，都特別熱衷於他的新聞。喵。」

「妳問的問題的確有點過份了。」我說。

「並不是我喜歡問這個問題，是《故宮怪獸談》的讀者們想知道。喵。」

梨花嘆了口氣，「不過今天能問到他去崑崙山就很好了，等到明天報紙出來，大概又有不少鳥兒要飛去崑崙山了。」

火車站裡響起了「叮鈴鈴」的鈴聲。

神獸和神仙們紛紛與朋友告別，準備上車了。擁擠的人群中，我看見了不少熟悉的身影：行什、天馬、角端……等等，那是吻獸嗎？

藉著朦朧的燈光，吻獸正獨自站在月臺上，準備登上火車。

吻獸也要離開了？為什麼連聲招呼都沒和我打呢？

我不由自主地，撥開眼前擁擠的人群，快步向他走去。

快到了，快到了，就快到他面前了。

可是，沒等我趕到，他已經抬起腳邁上了火車。

「等等！」我叫出聲了。

周圍的神獸和神仙們都在看我，但是我顧不上看他們。此刻，我的眼睛裡只有吻獸。

「吻獸！等等我！」

我用盡力氣地大喊。

吻獸聽到了什麼，從列車裡探出頭來。

我在車站的燈光下奔跑著，一瞬間彷彿自己正在一個奇異的舞臺上，沐浴著橙黃色的聚光燈下。

吻獸看到我了！是的，他的眼睛盯住了我。

然後，他笑了。

突然，列車咕咚地一動，像滑行似的要離開車站。

「吻獸！」我著急地叫著。

吻獸站在第三節列車的門前，門沒有關，他就站在那裡，慢慢地滑到我身邊，微笑著。

「吻獸……」

我傻了似的看著他，跟著緩緩開動的列車走了起來。

我們就這樣一直對望著，誰也沒有再說話。就在月臺的盡頭，我不得不停止的一瞬間，吻獸突然打開了他手裡的小皮箱，那個醬色的、小小的皮箱……

「啪！」

從裡面飛出來的，竟然是飛雪般的花！

那是太平花的花瓣嗎？還是丁香的？它們飛上黑暗的天空，立即像星星一般閃閃發光。

我的心很快地跳了起來。這是吻獸給我的告別禮物嗎？我看得太入迷了，都沒注意到，冒著雲霧般白煙的小火車在「咕咚、咕咚」的聲音中越走越遠。

「那輛火車明天一早就會開回來。」

楊永樂不知道什麼時候走到了我身邊。

「呃？」我收回目光，望著他。

「它會一直停到明天晚上，再運送下一批旅客。」他解釋。

「那吻獸呢？他什麼時候會回來。」我問。

楊永樂輕聲說：「應該要等到中元節以後吧！不過，誰知道呢？」

「薩滿巫師也有不知道的事情嗎？」

他笑了起來，「當然！薩滿巫師不知道的事情可多了。」

小小的蒸汽火車離開車站後，車站裡的燈就暗了下來。只剩下月亮的光輝在月臺上流動。月臺旁邊的芍藥花，還在微微閃亮。

天空中，那些螢火蟲般的花瓣，不知道什麼時候已經消失得無影無蹤，就像融化了的雪花，魔法一消失，就怎麼也找不到了。

第二天清晨，還沒等大批的遊客湧進故宮，我就跑到了御花園。耀眼的金色陽光灑在御花園裡，到處都是濃濃的綠色。粉色的芍藥花叢在綠色的海洋中迎風搖曳，古樹上纏繞的青藤也開出了紫色蝴蝶般的花朵。

什麼都還在，昨夜月光中微微閃亮的芍藥花，昨夜暗香浮動的丁香花，金色大傘一樣的千秋亭……只是，火車站已經不見了。昨天晚上，那個熱熱鬧鬧的火車站，在清晨的陽光中消失了。

和昨天一樣，我順著石子路走到千秋亭旁邊，平整的彩色石子地面上，連一點火車軌道的影子都看不見。

火車站去哪了呢？我蹲下來，撫摸著那些石子，彷彿還能感受到火車那白色蒸汽的溫度。

這時，就在眼前，一輛火車如同幻覺般地突然冒了出來。只有三節車廂的、小小的綠皮蒸汽火車，長長的鐵軌、古老西洋建築的火車站……只是，它們全部變成了用紅色、黃色、綠色、棕色的彩色石子拼成的圖案。

啊！原來是它們啊！御花園的彩色圖案石子路。

那些古代的巧手工匠們，在修建御花園的時候留下的傑作。在小火車和火車站的旁邊，石子路上還有彩色石子拼成的牡丹花兒、喜鵲、龍、鳳、花瓶、青蛙……還有連環畫。

看，那不是《三國演義》中的將軍關羽嗎？他舉著大刀騎著紅色的馬，多威風啊！為什麼我會覺得他和殿神伏魔大帝長得那麼像呢？會不會他們就是同一個人呢？

我站起來，重新走到小火車和火車站的石子圖案前。我聽老師說過，清朝的時候，中國就已經有了第一輛火車。會不會就是它呢？

看著那圓滾滾的車輪，我彷彿可以聽見火車正拉著汽笛緩緩進入月臺的聲音。今天清晨，最後一顆閃閃發亮的星星還沒有從古柏樹上方落下的時候，它就應該是這樣開進御花園的吧！

想著，想著，我的眼前彷彿出現了一列火車——那由三節車廂連成的小小的火車，在紫羅蘭色的天空下，冒著濃濃的白煙，「咣噹、咣噹」地行駛著。火車的車窗裡，亮著黃色的燈光。很快，陽光亮了起來，花園裡被染成了一片玫瑰色。芍藥花紅紅地燃燒起來，唱起了歌。花叢的遠方，小火車向這裡，一直向這裡開過來……不久，就從御花園裡消失了。

再過幾天，也許過不了多久，吻獸就會坐著這輛小火車回到故宮，那時，我真希望自己能站在火車站橙色的燈光下等他。

可愛的大頭鬼

我在媽媽的辦公室裡做暑假作業，沒留神，四周已經暗了下來，驀然抬頭一看，天空已經染上了淡紫色。

必須抓緊時間了。下午，我去大槐樹下給楊永樂放蘋果的時候（這個星期他規定的食物是沒有蟲洞的蘋果），發現了他讓我晚上去失物招領處幫忙的紙條。

我把作業本塞進書包裡，跑出了辦公室。

月亮又大又紅。一路上我都沒有碰到一個人。今天是中元節，也叫鬼節，似乎除了我媽媽以外，故宮裡其他的人都早早下班了。

我媽媽是不相信有鬼魂存在的，「那樣的話，世界也太擁擠了。」她總是不在意地說。

外面颳著涼爽的西風，故宮裡那些開滿夾竹桃的枝頭在風中抖動著，發出「沙沙沙」的聲音。我加快了腳步，怎麼都覺得今天晚上的故宮不太一樣。

失物招領處木牌上的小燈泡還一閃、一閃的亮著，讓我安心了一點。

「妳來得正是時候。」

楊永樂在貨架旁邊忙碌著。我驚訝地發現，一到晚上就會擠滿各種稀奇古怪東西的貨架，此刻卻空蕩蕩的，什麼都沒有。

「咦？東西呢？」

「藏起來了！」楊永樂一邊用包袱包著什麼，一邊回答。

「那今天晚上不營業了？」

「神仙和神獸們都去旅行了，這樣的晚上，連動物都躲起來了。所以打算關門。」

「就算關門，也不用把東西都藏起來吧？」我看著他，楊永樂滿頭都是汗。

「平時不用，但是今天晚上一定要都藏得好好的。」他回答說，「今天可是中元節啊！」

看我還是一臉不明白的樣子。他放下手裡的東西，坐到地上，慢慢解釋給我聽。

中元節的晚上，地府會打開大門，讓所有的鬼魂都回去看望以前的親人，或是住過的地方，接受人們的祭祀，和人們一起過節。這個時候，故宮裡的鬼魂就特別多。要知道，故宮可是已經建成五百多年的大房子，在這裡住過的人至少有幾十萬人。

鬼魂們要是看見自己喜歡的東西，就會借去玩幾天。因為他們是鬼魂，不能和人說話，也就無法和東西的主人說：「我很喜歡你家的東西，請借我玩幾天。」所以，無論什麼東西，他們都只能偷偷地拿走。等到玩夠了，再偷偷地送回來。但是如果有的人因為丟了東西，很著急地到處尋找，鬼魂們也會覺得非常尷尬，甚至會不好意思再把東西還回來。他們就會找一個又偏僻又安靜的地方把拿走的東西扔了，這個東西可能就永遠都找不到了。

「要是自己的東西，今天突然找不到了也沒關係，因為過幾天它可能自己就冒出來了。」楊永樂說，「可是，失物招領處的東西，不一定哪一天失主就來找了，一樣也不能丟。所以今天一定要都藏得好好的。」

原來是這樣啊！我點點頭，沒想到鬼魂們還有這種壞習慣。

我開始動手幫他的忙，把剩下的東西，一件件仔細用包袱包好，再在外面套上紙盒子，用塑膠膠帶把盒子封起來。然後，這些包得結結實實的包裹，全被楊永樂塞到了一張摺疊床的下面。

「鬼魂都是飄在空中的，應該找不到這裡。」他說。

做完工作，楊永樂從櫃檯下面拿出了一籃子荷花燈。荷花燈是絲綢做的，淡粉色，花心裡放著小小的白蠟燭，拿在手裡輕飄飄的。

「走，我們去金水河放燈去。」

我高興地跟在他身後，我還從來沒放過荷花燈呢！

故宮裡是不允許點火的，哪怕一根小火柴也不行。但是金水河就不同了，因為它是在故宮的宮牆外面嗎？

金水河的河水溫柔地流淌著，在月光下泛著墨藍色的光芒。我們翻過鎖著的圍欄，走下漢白玉的樓梯，那裡有一個小小的碼頭，碼頭旁還停靠著一艘柳

葉般的小船。

楊永樂掏出打火機，一個接一個地點燃荷花燈裡的蠟燭。

點亮的荷花燈好看得讓人出神。剛才還毫無光彩的粉紅色花瓣一下子亮了起來，彷彿驀然就在眼前盛開了一樣。

我很神聖地把一朵朵荷花燈放進金水河裡。很快，河水就被照得閃閃發亮，一朵朵火紅的荷花燈，繁星似的閃爍著，東一朵、西一朵地飄散開

了。

「這就好了，這就好了。」楊永樂看著金水河上的荷花燈，嘴裡面嘟囔著。

「為什麼中元節這天要放荷花燈呢？」我問他。

「因為，觀世音菩薩居住在南海。」他說，眼睛仍然跟隨著那些飄盪的荷花燈。「傳說中，南海到處都盛開著荷花。用荷花花瓣做成了船放上燈，就像在黑暗的苦海裡放上一盞明燈，為鬼魂們指明了方向，讓他們乘上荷花船點上燈，登上了彼岸。在中元節，能幫他們一把，是很了不起的事情。」

「你是說，鬼魂們會坐上我們的那些荷花燈去南海？」

說這句話時，我打了個冷顫。無論怎麼想，鬼魂都是讓人覺得可怕的東西。

放完燈，我們回到失物招領處。

楊永樂說，為了防止丟東西，他今天一整夜都會睜著眼睛，不睡覺。

剛剛推開失物招領處的門，我們就發現，至少有某樣東西已經在等我們了，一股難聞的氣味順風飄了過來。

「啪」的一聲，櫃檯上的檯燈打開了。

昏暗的檯燈前，一個腦袋圓圓大大的、耳朵尖尖的、頭髮亂七八糟、全身黑漆漆的東西，正悠閒地坐在那裡。

雖然他和電視裡的樣子完全不一樣，但是我們還是一眼認出來，這不就是鬼嗎？

我嚇了一跳，呆住了，一動都不敢動。楊永樂也愣了一下。我們走的時候，失物招領處的大門明明鎖得好好的，他是怎麼進來的呢？

「你們……是負責看管這裡的太監嗎？」大頭鬼先說話了，露出又黃又大的牙齒。

「太監？」楊永樂皺皺眉頭，「現在紫禁城裡已經沒有太監了，我們是這裡的管理員。」

「哎，連太監都沒有了。」大頭鬼看

起來有點傷心，「不過，如果我沒猜錯，管理員應該和我以前幹的差使差不多吧？」

「你以前是做什麼的？」

楊永樂放鬆下來，坐到他旁邊的凳子上。我卻只站在門口，一步也不願意往前走。

「我活著的時候就是看管這間密室的太監啊！」大頭鬼說，「那時候，在這間密室裡藏著的都是皇上最寶貝的東西。只有被皇上最信任的太監才能看管這裡。」

「嗯、嗯！」

楊永樂聽得認真極了。

「可是，有一次……」大頭鬼嘆了口氣才說，「不知道為什麼那麼不小心，打破了皇上最喜歡的玉壺，結果就被關進了大牢，死在那裡了。」

「怎麼能這樣……」

連我都忍不住說出了聲，不過因為打破一個壺，居然就死了。

「這在那時候，是經常的事情。」大頭鬼反而來安慰我們了，「有的太監或者宮女甚至只說錯了一句話，就送命了。」

大家都不說話了。

那個時代可真可怕啊！我心裡想，像我這樣粗心大意，天天打破東西的人，要是出生在那時候，大概有幾條命都不夠用吧！

「你那時候看管的都有什麼好玩的寶貝啊？」楊永樂特別有興趣地問。

「那時候的寶貝可多了。」大頭鬼得意起來，「世界各地進貢給皇上的，最稀奇的東西全放在這裡。有的你們想都想不到。就拿風狸杖來說吧！是一位天竺國高僧進貢給皇上的。只要是不吉祥的、可能給皇上帶來晦氣的鳥獸，只要用那枴杖一指，就死了。」

「居然有這種東西。」楊永樂眼睛睜得超大，「還有什麼呢？」

「太多了，說幾天幾夜也說不完啊！」大頭鬼搖搖頭，「那時候這間密室

被裝得滿滿的。一到晚上，就看見夜明珠啊、夜光石啊、洞光寶石啊……這些寶貝閃閃發光，別提多好看了，白天更不用說了。」

「洞光寶石？」楊永樂一下子站了起來，「你是說戴上以後就能聽懂動物、神仙說話的洞光寶石嗎？」

聽到洞光寶石，我的耳朵也一下子豎了起來。

大頭鬼「哼」了一聲，「洞光寶石的法力可不只你說的這些啊！戴上它的人，所有的神仙、精靈、鬼怪都沒有辦法在他面前隱身，也不能傷害他。那可是最厲害的護身符啊！」

「這麼厲害的護身符，皇上為什麼不隨身戴著呢？」楊永樂問。

「因為太煩了啊！」大頭鬼說，「每天面對著那麼多的大臣、嬪妃們就夠煩的了，如果好不容易一個人的時候還會看到神靈和鬼怪，豈不是就更煩了。所以，這個洞光寶石後來就被皇上賞賜給他最信賴的一位薩滿女巫，那個巫師用它打造了一副耳環，非常的漂亮。」

楊永樂一下子從脖子上掏出一個掛在絲線上的寶石耳環。

「你看看，是不是這個耳環？」

他把耳環拿下來遞給大頭鬼。

我差一點「哇」地叫出聲。楊永樂手裡的那個耳環，和我脖子上戴著的洞光寶石耳環一模一樣。

「就是這個。」大頭鬼雙手捧著那個耳環，「不過它應該還有一個。」

楊永樂高興地把耳環拿回來，重新戴上。

「但是洞光寶石的耳環，怎麼會在你這裡呢？」大頭鬼問。

「這是我舅舅送我的禮物。」楊永樂回答，緊接著他又問：「最初它是怎麼到皇帝那裡的呢？」

「這我就不知道了，反正皇帝繼位的時候，它就已經在紫禁城的珍寶庫裡了。不過我聽說，洞光寶石最初是一隻白色頭、黑色羽毛的神鳥獻給戰國時候的燕昭王的。」

楊永樂點點頭：「既然你以前負責看管皇上的寶物，那是不是什麼寶物都認得？」

大頭鬼謙虛地說：「不敢說所有的寶物，但是最珍貴的那些我肯定都認得。我在這裡可和它們相處了十年呢！」

「十年？那可真了不起。」楊永樂吐了吐舌頭。

大頭鬼聽了，一下子神氣起來。

「那你能不能幫我個忙？」楊永樂問，「我這裡收到一件別人遺失的東西，雖然我查了所有的書，仍然不知道它是什麼，你能不能幫我看一看？」

「你拿出來，我看看吧！」大頭鬼毫不猶豫地說。

楊永樂連忙跑進黑色的木門，木門的深處響起一陣拆東西的響聲。緊接著，他又跑了出來，手裡多了一件古代樣式的絲綢衣服。

他小心翼翼地把這件衣服放到櫃檯上，鋪平。衣服很華麗，能看到最初繡花的金線，但是它太舊了，還髒兮兮的。

沒想到，一看到這件衣服，大頭鬼大大的眼睛裡居然湧出了淚水，彷彿是見到了自己多年不見的親人。

「真是好久、好久沒看到它了。」他用粗糙的手掌輕輕撫摸著衣服，「那時候，它可比現在漂亮多了。」

「你見過這件衣服？」楊永樂不敢相信地問。

「怎麼會沒見過呢？」大頭鬼低著頭說，「那時候，它一直被我好好保存在這件房間裡啊！肯定是我死後有人把它偷了出來。結果就變成現在這個樣子了。」

聽了這話，我非常吃驚，看起來這麼破的一件衣服以前居然還是皇上的寶物呢！

「這件衣服是什麼寶物呢？」楊永樂問。

「這就是傳說中的天衣啊！所謂的天衣無縫，指的就是它啊！」大頭鬼回答。

楊永樂不服氣地說：「我也曾經懷疑它是天衣，但是史書裡說，穿上天衣可以飛起來。但我穿著它走了好幾圈也沒能飛起來。」

大頭鬼裂開嘴笑了，露出了紅紅的舌頭。但我發現，我不再那麼怕他了。

「因為你不是仙女啊！」他說，「天衣只有仙女穿了才會飛起來吧！人那麼重，就算穿上天衣也不能飛起來的。人如果想飛，除非變成鬼魂吧！」

「我們現在坐著飛機就能飛呢！」楊永樂挺直腰說，「想飛多遠都行呢！」

「飛機？」大頭鬼睜大了眼睛。

「是啊！那可是高科技的東西，白天的時候，連故宮裡都能經常看到天上飛來飛去的飛機呢！」楊永樂驕傲地說。

大頭鬼不停地點著頭：「現在的人可比我們那時候厲害多了。坐飛機肯定很有趣吧？」

「這個嘛……」楊永樂搖搖頭，「我還沒坐過。」

大頭鬼嚮往地往窗外黑漆漆的天空瞭望，「要是我活著就好了，真想坐一坐飛機。」

楊永樂把天衣往前推了推。

「如果穿上不能飛，那怎麼知道它是真的天衣呢？」

「這簡單。」

大頭鬼把天衣拿起來，「咔嚓」一聲撕破了。

「啊！」

我叫出了聲，這麼珍貴的東西……

但接下來的事情，卻把我和楊永樂都嚇住了。

那件天衣就像有了生命似的，破掉的地方一點一點又長了出來，不一會兒，就恢復了撕破前的模樣。

「看，這就是為什麼叫天衣無縫。」大頭鬼一邊說一邊點著頭。

原來是這樣啊！

我有點佩服大頭鬼了。

「天衣現在的主人是誰呢？」大頭鬼問。

「我也不知道。」楊永樂實話實說，「被送到這裡的東西，都是有人不小心遺失的東西。不過這麼寶貴的東西，應該沒多久就會有人來認領吧！」

大頭鬼遺憾地說：「還真想見見它的新主人呢！」

窗外又大又紅的月亮已經升到了高空中，大頭鬼準備離開了。

「還要到其他地方轉轉，以前睡覺的地方、吃飯的地方、剛進宮時工作的地方……都想去看看。」他說。

我們送他到儲秀宮的院門。

眼看著他就要走了，我不知道從哪裡來的勇氣。

「喂！」我叫住他。

他奇怪地轉過頭看著我。

「那個……那個……」我結結巴巴地問，「當鬼很孤獨嗎？」

這個問題我想問好久了。

他搖搖頭：「因為媽媽和妹妹也早都去世到了我這邊的世界，現在反而一點都不覺得孤獨寂寞呢！倒是以前，一個人在宮裡當差，一年到頭也見不到家人。那時候才寂寞得要命。現在反而覺得很幸福。」

大頭鬼的臉上露出了溫暖的笑容。

「那……以後，以後你會怎麼樣？要一直做鬼嗎？」

大頭鬼想了想。

「也就是最近，才有了和媽媽、妹妹一起去彼岸的想法。」

「彼岸？」

剛才放荷花燈的時候，楊永樂也提到過。

「那到底是什麼地方？」我問。

「不知道啊！」大頭鬼說，「去過彼岸的鬼魂就不會再回到我們的世界來了。所以誰也不知道那是個什麼地方。不過，聽說是個很美好的地方。」

很美好的地方嗎？那就好，那就好。

我浮起了微笑。

「好好珍惜活著的時候吧！」大頭鬼最後說，「要盡量留下美好的記憶才行啊！」

說完，他輕飄飄地飄走了，那樣子，一點都不可怕。

柒

喝醉的玉兔

中元節後一個月就是中秋節。

媽媽告訴我，出遠門的爸爸終於要在中秋節那一天回來了。我高興極了，我有好幾個月沒見到爸爸了。

每次爸爸出遠門回來，都會把我舉得高高的，還會用臉上的鬍渣刺我的臉。他會送我很好玩的禮物，埃及的貓神、迷你的兵馬俑……都是他出遠門回來送我的。

我經常對著這些禮物出神地想，爸爸到過的那些地方都是什麼樣子呢？然後，我就會憋住一口氣，等我長大了一定要把這些地方都走遍。

那天，在餵野貓梨花的時候，我告訴她：「我爸爸中秋節就回來了！」

梨花抬起頭，「喵嗚」地叫了一聲。

下午，梨花和我一起去大槐樹下給楊永樂送吃的。這個星期是豆沙圓麵包。沒想到，到了建福宮花園，楊永樂正坐在樹上等著我呢！

我飛跑過去。

「我爸爸中秋節就要回來了！」我大聲說。

楊永樂臉上露出吃驚的樣子，卻沒說話，只是聳了聳肩，抬頭仰望天空。

我很生氣。有的時候楊永樂的脾氣真讓人受不了。讓我都不想再做他的助手，看他的臉色了。可是我又有點害怕他去找別人做助手。好幾次，我氣極了，就對自己說：「他以為他是誰啊？」然後再自問自答：「誰叫他是薩滿巫師楊永樂呢？」

在認識楊永樂以前，我在故宮裡一個夥伴都沒有。唯一能說說話的，只有野貓梨花，那還是在撿到洞光寶石耳環，能聽懂動物的語言以後。在這之前，我只能偶爾和故宮門房張爺爺聊聊天。他是個很隨和的人，無論我問什麼問題，都會很有禮貌地回答我。和張爺爺比，楊永樂簡直就是一個不講禮貌的野孩子。

也許是因為從小就沒有人教他禮節吧！畢竟他那麼小的時候，父母就離開了他。想到這兒，我就沒有剛才那樣生氣了，楊永樂應該也很想念他的爸爸吧！所以，當我提起我爸爸，他的心裡應該很難過吧！

這麼一想，我不但不生氣了，反而有些替楊永樂難過。

「你中秋節會做什麼呢？」我小心翼翼地問。

「不知道，誰現在還過中秋節啊！」

楊永樂有點賭氣地說，看得出，他不大想提起這個節日。

「中秋節還是要過的，那可是團圓的節日，喵。」一直蹲在太陽底下曬太陽的梨花突然說。

楊永樂來了興趣，「梨花也沒有親人吧！那妳怎麼過中秋節呢？」

「我可是要參加非常盛大的晚宴的。喵。」梨花撲閃撲閃著大眼睛，有些傲慢地說。

「盛大的晚宴？」楊永樂「噗哧」一下笑了，看得出，他覺得梨花在吹牛。

「野貓們的晚宴嗎？」

梨花生氣了，立刻回敬道：「當然不是！我參加的可是很高級的晚宴，故宮裡的神仙啊、怪獸啊都會來參加，甚至月亮裡的嫦娥和玉兔都會來呢！喵。」

「嫦娥……」

楊永樂一下子張口結舌了。

梨花得意地說：「這樣的晚宴，可不是誰都能參加的，我被當作貴賓很正式地邀請的呢！喵。」

楊永樂「哼」了一聲說：「這麼盛大的晚宴，我怎麼從來沒聽說過？」

梨花不示弱地說：「晚宴就在御花園東側，以往皇帝們祭拜月亮的地方。你要是以為我說謊，可以中秋節的時候和我一起去親眼看一看。喵。」

楊永樂聳聳肩：「那就去看一看吧！」

看著楊永樂得意的樣子，我突然明白了，梨花是上了楊永樂的當了吧？他這麼說，就是為了能讓梨花帶他去參加神仙們的晚宴。

梨花有點慌了：「不過，他們只邀請了我一個人……要不明年再帶你去？

喵。」

這樣說著，她已經準備溜走了。

楊永樂就像沒有聽見一樣，對著她的背影大喊：「中秋節我在御花園等妳啊！」

這回輪到我有點羨慕梨花和楊永樂了。神仙們的晚宴，聽起來多神氣啊！我也想親眼看看。可是，中秋節的晚上，媽媽已經訂好餐廳了。一家子要圍在一起吃熱呼呼的團圓飯，說什麼也不會到故宮裡來的。

當花園裡的秋海棠、玉簪花都開了，中秋節也就乘著清香的風來了。

真開心啊！爸爸送我一條非常漂亮的珍珠項鍊，上面小小的珍珠在燈光下閃著動人的光。我戴到脖子上怎麼也捨不得拿下來。晚餐也豐盛，媽媽難得地點了一大桌子的菜，都是我和爸爸愛吃的，實在是太好吃了。

吃完飯，爸爸、媽媽帶著我在院子裡擺了供桌，上面放了月餅、蜜供、石榴、蓮藕和鮮花，這些都是送給月亮奶奶的。當然，月亮奶奶一口也不會吃，這些好吃的最後都會被我吃進肚子。

在月亮奶奶面前許願的時候，我想起了楊永樂和梨花，他們這會兒一定也在御花園裡，熱熱鬧鬧地和神仙、怪獸們一起吃著豐盛的晚餐。想到他們也能和我一樣幸福地過中秋節，我心裡感覺到很舒服。

第二天仍然是中秋節假期，但是媽媽卻要加班，爸爸也要去公司報到了。一大早，我就和媽媽來到了故宮。媽媽一去倉庫，我就從她的辦公室裡溜了出去。我要去找野貓梨花，聽她講講昨天的晚宴。

珍寶館裡一隻野貓都沒有，平時睡懶覺、曬太陽、抓麻雀的野貓們，居然都不見了。

我好奇地沿著珍寶館向西邊的三所殿方向走去。那裡一直沒有對遊人開放，經常會有老鼠出沒，成為了野貓們的狩獵樂園。

剛從側門走進東宮殿的院子，我就差點被一個胖嘟嘟的傢伙絆了個跟頭。

「哎呦！」

那傢伙嘴裡嘟囔了一聲，翻了個身，打起了很響亮的呼嚕。

野貓梨花、金毛、小綠眼、大白……還有楊永樂，都滿臉愁容地蹲在離他不遠的地方。

「這……是誰？」

我圍著那傢伙轉了半圈，總算看到他的臉。

他……居然是一隻又白又胖的大兔子，脖子上還繫著紅色的領巾。他足足有一般白兔十倍那麼大，絕對算得上是一隻巨人兔了！

「這不會是……」

我驚訝地睜大了眼睛。

「他就是玉兔。喵。」梨花在旁邊回答。

果然，一看就知道不是隻普通的兔子。可是玉兔怎麼會躺在東宮殿的院門前睡覺呢？

「他怎麼躺在這裡？」我問。

楊永樂在旁邊揉了揉自己的胳膊。

「能把他抬到這裡，胳膊就已經快斷掉了，實在沒有力氣再抬著他多走一步了。」他苦著臉說。

我更加吃驚了：「是你把他抬到這裡的？」

這玉兔看起來可真不輕。

「我一個人怎麼抬得動，還有野貓們的幫忙。」楊永樂說。

我看看周圍蹲著的十多隻野貓，怪不得每隻貓看起來都無精打采的。可能剛才用力過度了吧！

「可是為什麼要把玉兔抬到這裡呢？」我還是不明白。

「總不能讓他在御花園裡被遊客們參觀吧！那可會出事的。」這回說話的是野貓小綠眼，「真不明白這隻兔子，明明不會喝酒，為什麼昨天晚上還要喝那麼多？喵。」

「喝多了？」

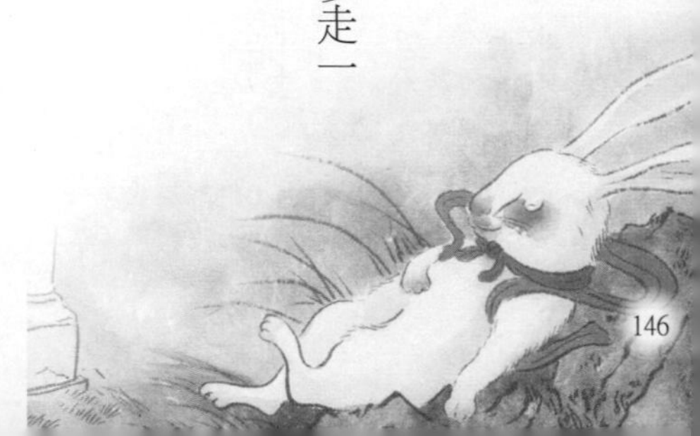

「可不是。」梨花苦惱地搖了搖頭，「他和白鹿聊得高興了，喝了幾杯桂花酒，結果就喝醉了，死皮賴臉地不和嫦娥回到月亮上去，說什麼天天搗藥太辛苦了……喵。」

「結果就一直睡到現在？」

「是啊！」梨花點點頭，「大家正在商量把他藏在哪呢？也不知道，錯過了時間，他自己還能不能回到月亮上。喵。」

就在這個時候，玉兔醒了。他從石板地上坐了起來，睜著一對紅紅的眼睛，有些困惑地看著我們。

「這……是哪？」

他的聲音很怪，像是汽車喇叭發出的聲音。

「故宮，也就是紫禁城。喵。」梨花緊緊盯著他，「你不記得了？」

玉兔搖了搖他大大的腦袋，更迷茫了。

「嫦娥仙女呢？」

梨花嘆了口氣：「她回去了，天還沒亮就回到月亮上去了。喵。」

「啊！」玉兔一下子跳了起來，「她怎麼能扔下我？那我怎麼辦？」

「喂！」一旁的楊永樂不耐煩地喊了起來，「明明是你不和她回去的好不好？我們都看見了，你說什麼也不走，抱著御花園裡的柏樹，說搗藥的工作太辛苦，要換份工作。」

這回輪到玉兔吃驚了。他愣了一會兒，緊接著，突然仰面朝天大哭起來：「嗚……這可怎麼辦啊？錯過了中秋節，不知道什麼時候才能回到月亮上了。」

我有點可憐玉兔了，輕聲勸他：「錯過中秋節，不到一個月就是九九重陽節了。說不定那時候你就能回去了。」

玉兔聽了我的話，眨了眨紅紅的眼睛，然後，哭得更大聲了：

「這下可糟糕了，重陽節大家都要吃迎霜麻辣兔，故宮裡那群貪吃的神仙和神獸們，還不把我烤了吃啊！嗚嗚……」

聽他這麼說，野貓們都大笑了起來。楊永樂更是笑得滾到了地上。

「喂，怎麼說你也是堂堂的太陰君吧！這個樣子也太沒風度了。」楊永樂捂著肚子說。

聽他這麼一說，玉兔還真的不哭了。他翻身爬了起來，擦乾眼淚。

「現在不是哭的時候，還是趕緊想想辦法，怎樣才能回到月亮上。」我也跟著說。

玉兔點點頭，皺緊眉頭想辦法。

大家都不出聲了，也絞盡腦汁幫玉兔想辦法。

梨花先有了主意，她搖頭晃腦地說：「傳說曾經有三位神仙，變成三個乞丐，向狐狸、猴子和兔子乞討，狐狸和猴子都拿出了食物，只有兔子沒有。於是兔子就跳進火裡，讓乞丐們吃掉自己。神仙們受了感動，就把他送到月亮裡當玉兔。要不然，你也跳進火裡試試？說不定能感動哪位神仙送你回去。喵。」

玉兔使勁搖搖頭：「那只是個傳說，根本不是真的。我要是跳進火裡，除了變成烤兔肉，變不了別的。」

「要不然這樣……」一直沉默的楊永樂說話了，「也許，有用。」

「怎樣呢？」

玉兔和野貓們都圍了過去。

「我舅舅有一盒子祈神蠟燭。他試著點燃過，卻什麼神仙都沒看見。我有一次看見了，覺得挺好玩，他就送給我了。要不，我們試試，能不能用祈神蠟燭把嫦娥從月亮裡召喚下來？」

玉兔懷疑地看著他：「祈神蠟燭？我怎麼從來沒聽說過這種東西？不會是騙人的吧？」

野貓們也都在旁邊搖著頭，一臉不相信的樣子。

我看看他們說：「為什麼不試試呢？試試又不會有壞處。如果真的不行，那我們就再想其他辦法好了。」

因為其他人都沒想出什麼好的辦法，大家同意今天晚上先試試楊永樂的祈

神蠟燭，看看是不是管用。

晚上，我按照約好的時間跑到御花園。發現靠東邊的那側，不知道什麼時候已經擺了一個屏風，屏風兩側擺著紅紅的雞冠花、果實纍纍的毛豆枝，還有芋頭、花生、蘿蔔、鮮藕。

屏風前面有一張八仙桌。那不是失物招領處裡的桌子嗎？我還曾經在儲藏架的旁邊看到過它。桌子中間擺著一個大月餅，幾樣漂亮的糕點和水果擺放在月餅周圍，一看就知道是祭月的供品。

嘿！還真是有模有樣，我有點佩服楊永樂了。

不一會兒野貓們和玉兔就都來了，連玉兔的朋友白鹿都來了。我還是第一次看見白鹿，雪白的皮毛，上面還有梅花般的小點。聽說，只有滿五百歲的鹿才會變成白鹿。真是了不起。

「妳好！」白鹿很鄭重地和我打招呼。

不愧是鹿，這種動物連態度都是這麼地莊嚴。

「你好。」我也變得鄭重起來，但仍忍不住問，「你也住在故宮裡嗎？」

白鹿點點頭：「我就住在儲秀宮。」

儲秀宮？那裡居然藏著一隻白鹿？我仔細地打量著白鹿，真是一隻漂亮的鹿，是有點眼熟的樣子。但是，在什麼地方看到過呢？卻怎麼也想不起來。

「白鹿說他就住在儲秀宮呢！」我小聲把這個祕密告訴梨花。

「是啊！」梨花像是早知道了，「他就是守在儲秀宮門口的銅鹿中的一隻啊！喵。」

啊！我想起來了。儲秀宮門口，那對漂亮的銅鹿，原來其中一隻就是他啊！怪不得很眼熟呢！

楊永樂從一個木盒子裡拿出兩根祈神蠟燭。看起來不過是比一般的紅蠟燭粗了一點，上面還刻著咒語般的金字，沒什麼太特別的。

楊永樂拿出一把小刀，在蠟燭上刻下「月亮娘娘」幾個字，就恭恭敬敬地把蠟燭放到了供桌上點燃，然後自顧自地跳起來，手裡打著鼓，嘴裡唱著怪聲怪調的歌曲。

「這怎麼有點像跳大神呢？」我小聲嘀咕。

楊永樂還沒跳完，空氣中突然颳來一陣大風。「嗖嗖」的風吹得金桂四散飛舞起來。

也就是在這時，頭頂上黑漆漆的天空閃現出一道白亮亮的光芒。

「喂，玉兔。」

我們全都一驚，順聲望去。只見御花園裡歪歪扭扭的丁香樹上，坐著一個穿著白色長裙的女人，她正看著我們微笑。

女人的臉白皙極了，眼睛像星星一樣閃耀。

這不就是嫦娥嗎？我想著。祈神蠟燭還真厲害啊！

楊永樂愣住了，一臉不相信的樣子，祈神蠟燭明明還沒燒完，自己的儀式也還沒結束，嫦娥怎麼就出現了呢？

玉兔已經連跑帶跳地跑了過去。

「嫦娥仙女，妳是來接我的嗎？」他高興極了。

嫦娥點點頭。

「昨天離開的時候就想好了，今天晚上來接你。不過，你們的儀式真熱鬧啊！」

我恍然大悟，原來是嫦娥自己來的，不是楊永樂的祈神蠟燭發揮作用啊！

「我就知道妳不會扔下我不管的。」玉兔笑瞇瞇地蹲在嫦娥腳邊。

「今天的月亮也那麼圓呢！」嫦娥仰望天空，然後對梨花和白鹿說，「昨天的宴會真是太有趣了。尤其是吃用蒲葉包起來蒸熟的螃蟹的時候，大家一起圍著，飲酒蘸醋，品嚐肥美的蟹肉。然後再用蘇葉湯洗手，好熱鬧！」

「明年也要舉行這麼有趣的宴會啊！」她囑咐。

野貓梨花像個主人似的點著頭：「那是一定的，還要比今年更熱鬧呢！到時候，嫦娥仙女一定也要光臨啊！」

「不過玉兔就不用帶來了。」楊永樂在一旁說。

嫦娥「噗哧」一下笑了。

「真是給大家添麻煩了。」

她代玉兔道歉。接著，一股溫暖的風吹過來，一時間，四周的丁香、金桂、秋海棠的花瓣像雨一樣落了下來。

等我們再一次朝丁香樹上看去時，嫦娥和她腳邊的玉兔已經消失得無影無蹤了。

捌

欽安殿的海妖活了

「咚、咚、咚……」

有誰敲響了媽媽辦公室的門。

我從床上翻身坐了起來。窗外黑漆漆的，書桌上的檯燈還亮著，媽媽就趴在檯燈下睡著了。可能是太累了吧！在電腦前寫著、寫著就睡著了。

時鐘指向兩點，這麼晚了，誰會來呢？

我猶豫著要不要去開門。

這時，敲門的聲音停了，傳來很悽慘的貓叫聲：「喵嗚……喵嗚……」

我向門口走去，從緊閉的大門的縫隙中透進來一道淡淡的光，院子裡的路燈還亮著，應該沒什麼大不了的。

「誰呀？」

我壓低聲音問。

「李小雨，我是梨花啊！喵。」

沒錯，是梨花的聲音。我輕手輕腳地打開門，一隻像是被大雨淋透了、渾身濕答答的白貓蹲在門前，她冷得一個勁地發抖。

「出什麼事了？」

我在身後關上門，蹲下來問梨花。

「真的出大事了！」梨花一邊甩著身上的毛一邊說，「妳這裡有毛巾嗎？要不然我要感冒了。喵。」

我跑到旁邊的洗手池，把自己的毛巾拿了過來。對我來說只能擦臉的毛巾，裹在梨花身上卻是很合適的大浴巾。

「這下舒服多了。喵」梨花滿足地嘆了口氣。

「妳掉到御花園的水池裡了？」我問她。

梨花搖搖頭。

「不過，剛才的確在御花園裡睡覺來著。秋海棠開得太茂盛了，風一吹，厚厚的一層花瓣就落到了草地上，像軟綿綿的地毯一樣。我躺在那裡，聞著秋海棠可愛的清香，耳朵邊彷彿都能聽見花仙們清脆的笑聲了。不知不覺的，就睡著了。喵。」

我聽得入迷了，躺在花的地毯上，蓋著花的被子，多麼奢侈啊！

「可是，」梨花接著說，「沒睡多久就遭殃了。不知道從哪沖來了一股冰涼的海水，一下子就把我沖醒了。喵。」

「海水？」

梨花弄錯了吧？故宮裡哪來的海水呢？

「是海水。」梨花肯定地說，「那水還真不小呢！就和發了洪水一樣。一下子就把我浮了起來。我連救命都來不及喊，就喝了一大口水。那水可真鹹啊！帶著一股腥味，一嚐就知道是海水。喵。」

對啊！貓不會游泳呢！我想。

「我拼命地划著四肢，心裡想著誰能救救我啊！嘴裡卻喊不出來，只能閉得緊緊的。因為一張嘴就又要喝海水了。好不容易才抓住了一棵樹，逃出來了。喵。」

我擔心地看著她，這麼說，梨花還真的是撿了條命呢！

「哪裡來的海水呢？」

梨花嘆了口氣：「看方向應該是欽安殿吧！大概是誰把那裡的海妖、水怪們都放出來了。喵。」

啊？這可不得了！

欽安殿可是供奉水神真武大帝的地方。傳說清朝的時候，欽安殿發大火，真武大帝率領眾水神前來撲救，滅了大火。欽安殿東北角臺階上的兩個腳印就是真武大帝指揮救火時留下的。後來，欽安殿就豎起了真武大帝的神像。欽安殿外的白玉石欄杆上也雕滿了海妖、水怪、魚、烏龜、蝦、螃蟹等水族動物。因為，他們都是幫助真武大帝滅火的神將。

我一下子站了起來。

「妳要去哪兒？喵。」梨花擋在我前面。

「去欽安殿啊！這樣下去，不是要把故宮都淹沒了？」

「怎麼會？故宮裡有那麼多的神仙、神獸呢！他們不會看著不管的。那裡現在很危險，妳還是待在這裡比較安全。喵。」

我跳過梨花：「怎麼能袖手旁觀呢？對了，我去找楊永樂，他說不定有辦法。」

「楊永樂，他已經在那裡了。喵。」

「什嗎？」我停住腳步，回頭看著梨花。

梨花不緊不慢地說：「我爬樹的時候，看見他站在欽安殿的臺階上。喵。」

「妳是說他也被淹在水裡了？」我急了。

梨花搖搖頭：「欽安殿的石臺比其他地方高多了。我看那水啊，還沒沒過他的腳踝呢！喵。」

聽了這話，我才鬆了口氣，轉頭繼續向御花園跑去，無論怎麼說，這種時候是一定要去幫忙的。

「喂！小雨！小雨！喵。」

梨花仍然在我身後不甘心地叫著。我卻和聽不見一樣，只是沒命地跑。

故宮廊道上的燈光像星星一樣眨著眼睛，天上迴響著黃色的月亮那不可思議的鼻歌。

耳邊突然傳來大海的聲音。

「嘩」地一聲湧過來，「嘩啦啦」地笑著遠去了。又「嘩」地一聲湧過來。是深藍的海水輕輕拍打著沙灘的聲音。

御花園一下子變成了夜裡的大海，像是一塊又黑又重的布。花啊、草啊、石凳啊、彩色石子地面啊……都沉入了海底一般。剩下的只有冒出大海的、挺直著身板的柏樹，像是漂浮在海面上的一座座沒來得及點亮燈火的燈塔。

大海的正中央，能看見一座小島的黑影。小島沐浴在月光之下，閃著光。那是欽安殿的燈光。可是，我怎麼到達那裡呢？

我去年夏天才剛剛學會游泳，在平靜得如鏡子般的游泳池裡，勉勉強強地能游上幾十米。但是，這樣的海水，我從來沒有游過。

欽安殿的燈光暖融融地亮著，看起來並不遙遠的樣子。

我深吸了一口氣，「噗通」一下子跳進水裡游了起來。海水晃蕩來晃蕩去，像是在呼吸似的搖晃起來。

游啊，游啊，這海比我想的大多了，彷彿怎麼游都游不到盡頭。

突然，身邊的海水泛起浪花，一條比我還大的魚擦著我的肩膀游了過去。他長著牛一樣的犄角，眼睛像黑夜中的紅寶石。

從沒見過長得這麼奇怪的魚，我嚇得打了個冷顫，更加賣力地游了起來。

又游了一會兒，我的手碰到了什麼硬硬的東西，難道是地面嗎？我停下來在水裡摸索。一隻巨大的海龜，小島一樣的大海龜晃晃悠悠地在我面前浮起來，他長著老鷹一樣的頭，尖銳的牙齒和爪子隨時可以把我撕成碎片。我被嚇壞了，浮在那裡一動也不敢動。

這下糟了！會不會就這樣被海妖吃掉呢？我開始後悔就這麼糊裡糊塗地跳

進水裡。如果聽梨花的話，乖乖待在媽媽辦公室，那樣的話，就什麼事都不會發生了……

海龜抬起頭，噴出一口水，然後就和沒看見我似的，若無其事地從我面前游走了。

我拼命地划著水。不能停啊！不能停啊！停下來就會像那些花啊、石凳啊一樣沉到海底了，停下來說不定就會變成海妖們的食物了。

就這樣想著，居然手指真的碰到地面了。是硬硬的大理石，浸在海水裡的冰涼大理石。

我一把抓住，使勁往上爬，但是身體怎麼那麼重呢？身上那件薄薄的睡衣，浸了海水，就像有一千斤重。

怎麼辦？沒有力氣了。我徒勞地趴在那裡。

突然，一隻手，溫暖得不得了的手，一下子拉住了我。

「小雨，使勁啊！」是楊永樂的聲音。

聽到這聲音，我不知道從哪裡又來了力氣。爬上來了！太好了！我一下子癱坐在地面上，欽安殿的燈光已經在我眼前閃耀了。

「妳怎麼來了？」

他看起來非常吃驚。

我低著頭，無精打采地說：「我想來幫忙。」

楊永樂嘆了口氣。

「妳真是不該來，這裡多危險啊！」

一陣風吹過，我冷得哆嗦了起來。楊永樂脫下自己的T恤遞給我。

「那你呢？」我問。

「我不冷。」他笑笑。

我躲到柱子後面，把濕透了的睡衣換下來。楊永樂的T恤雖然舊，卻很柔軟，上面還帶著楊永樂身上的溫度。

「到底發生什麼了呢？」

我有點精神了。

「欽安殿玉石圍欄裡的海水湧出來，海妖們都復活了。」

他擔心地望著黑漆漆的海水。不時一兩隻長著奇怪模樣的海妖就會露出頭來。

「怎麼會這樣？」

「應該……是咒語惹的禍吧！」他說。「魚虎、潛牛、壽星章魚、鷹嘴龜、錢串魚、梅花鯊……這些傳說中的海妖，此刻都活生生地在這裡游泳呢。」

我睜大眼睛望著海面，那我剛剛碰到的就是潛牛和鷹嘴龜吧！

「他們很危險嗎？」我擔心地問。

「晚上應該還好。」他回答，「海妖們的視力都不太好，晚上的時候他們和瞎子沒什麼兩樣。可是等到天亮的話，那就不好說了。」

我一下子站了起來：「有什麼辦法呢？要不要去找殿神或者神獸們想想辦法？」

如果這樣一直到天亮，那遊客們豈不是都會變成海妖們的魚餌？我甩了甩頭，那種場面連想都不敢想。

楊永樂搖搖頭：「這樣的場面能收拾的神仙只有一個，就是水神真武大帝。這些海妖都是他的手下。」

真武大帝？我回頭望著欽安殿裡溫暖的燈光。真武大帝不就在裡面嗎？

我衝到欽安殿大門前，大門本來是緊鎖著的。可是現在那個結實的門栓已經被海水沖斷了。

我跑進大殿，真武大帝的金色神像，安安靜靜地坐在那裡，在燈光中閃閃發光。

「怎麼能讓真武大帝醒來呢？」我著急地問楊永樂。

「我也沒什麼好辦法啊！」

楊永樂居然也有沒辦法的時候？我懷疑地看著他，突然想起之前梨花說的一切。讓海妖們復活的咒語不會就是楊永樂他自己唸的吧？

但現在不是追究的時候，現在最重要的是，一定要把這場大水停住。

我沒辦法了，一下子跪到真武大帝神像面前。欽安殿是故宮裡最華麗的宮殿，住在這麼華麗宮殿的真武大帝怎麼能看著故宮遭殃呢？

真武大帝，你要救救故宮啊！真武大帝，你要快點顯靈啊！我的心裡默默祈求著。

也不知道祈求了多少遍，腿都已經跪酸了。可是，面前的神臺上，真武大帝仍然安靜地坐在那裡直盯盯地看著我。

眼看著月亮慢慢向西方移去，東邊的天空已經露出了一絲淡淡的紅光。不行，來不及了！

我站起來，肚子被氣得鼓鼓的。哪有這樣的神仙呢？接受人們的供奉，關鍵時候卻不幫忙。

於是，我不顧一切地嚷起來：「真武大帝！你要是再不幫忙，欽安殿也會被沖塌的！那時候，你的塑像會倒在海水裡，再也不能接受人們的供奉了！你就沒地方住了！」

這時，神臺上的真武大帝似乎嘆了口氣，是一聲如同吹過森林的風一樣的深深的嘆氣。

我閉上了嘴巴。

真武大帝的神像左右晃蕩了一下，緊接著，就像要疏鬆筋骨似的，真武大帝伸了個大大的懶腰，就直挺挺地站了起來。

我一下子呆住了，就連身後一直走來走去的楊永樂都站住不敢出聲。

「這一覺睡得可真沉啊！睡了多少年了呢？已經好久沒人叫醒我了。」真武大帝的聲音，怎麼說呢？那真是一個無法形容的英武的男人的聲音。

真武大帝慢慢走下神臺向我走來。

「真武大帝，現……現……現在，不是說，說這個的時候。」不知道為什麼，我的舌頭變得僵硬起來，「外面……御花園，發……發大水了。」

「大水？」他非常吃驚。

我想解釋什麼，可是卻發不出聲音了。

「是的。」楊永樂及時接過了話，「欽安殿外的海妖們復活了。如果再這樣下去，沒多久，故宮都會被淹在海水裡。」

真武大帝嘆了口氣：「這群傢伙是被困在玉石欄杆裡太久，實在太寂寞了吧！」

說著，他走出欽安殿，面向著在清晨新鮮的陽光下，已經變得炫目起來的海水。

海妖們看見他後，紛紛游了過來。長著老虎鬍鬚的綠色巨魚、長著牛角的怪魚、身上印著梅花的鯊魚、長成老人模樣的章魚……一下子全都聚集在真武大帝的面前。

「今天晚上，游得很痛快吧！」真武大帝說，「那現在，可要結束了。」

說著，他的手掌一揮，寬大的衣袖兜著風。海水全部被吸進了他的衣袖，就像那裡面藏了個很厲害的水泵一樣。「嘩嘩嘩」地，連同海妖們，飛快地被吸了進去，怎麼也裝不滿的樣子。

當最後一滴海水消失後，真武大帝提著袖子走到了已經沒有任何花紋的白玉欄杆前，他就像把水倒入魚缸一樣，把袖子裡的東西一股腦兒全都倒了進去。

於是，平整的白玉欄杆上，凹凸的海妖們和海水的圖案，就又活靈活現的了。

「這樣子可以了吧？」真武大帝問我。

我看著滿院子被水淹死的花草們沒有說話。

「妳不用擔心。」他說，「只要太陽一升起來，花仙們會讓它們重新開放的。」

「真的？」我的眼睛亮了一下。

真武大帝點點頭。

他轉身回到欽安殿，一邊走一邊說，「要再睡上一覺了，這次還真不知道

又要睡多久呢……」

在粉色的晨光裡，我和楊永樂一起走出御花園。我們都沒說話，都一副心事重重的樣子。無論怎麼想，我都覺得是楊永樂唸了那個咒語，放出了海妖們。故宮裡可只有他一個人會唸咒語啊！雖然很想聽他解釋是為什麼，我卻沒說出口。他應該不會承認吧！但是他到底為什麼這樣做呢？直到和楊永樂在辦公區分手，我也沒想明白。

第二天我睜開眼睛的時候，太陽已經升到半空中了。我臉都沒有洗，就衝到了御花園。那裡擠滿了休息和拍照的遊客。花圃裡，秋海棠、月季花、菊花……一簇簇地，噴香地開放著。彷彿什麼都沒發生過一樣。只是，仔細看的話，你會發現那些五彩的石子路上，留下了淡淡的、海水沖刷過的痕跡。

玖

菊花仙子釀的酒

天氣漸漸地涼了起來。

吹過故宮的風，是帶著淡淡清香的黃色的風，大朵的黃色秋菊花開了，花圃裡變成了金黃色的菊花田。

「今年的菊花開得真好！」

每當有人這樣說的時候，菊花們就會像點頭似地搖晃起來。風會閃亮一下。

越往御花園走，菊花的香氣就越濃。

「真想喝菊花酒啊！」

楊永樂猛然吸了吸鼻子。

「你還會喝酒？」

我在舅舅家，喝過一口白酒，那味道又辣又嗆。

「別的酒我都不喜歡，但是菊花酒可就不一樣了。」楊永樂說。

「不辣嗎？」我問。

「不但不辣，還香噴噴的，甜滋滋的，有菊花的香味。」

楊永樂舔了一下嘴唇。

「不過，菊花仙子釀的菊花酒可不是誰都能喝到的。聽說如果哪個人喝過這種酒，就可以長生不老，所以，這種酒啊，只有神仙才能喝。」

「有那麼奇妙的酒？」我嘆了口氣，「那你是怎麼喝到的呢？」

「是去年重陽節的時候，蒙古神分了一點點給我喝的。那麼好的酒，就是蒙古神也不能經常喝到。」楊永樂說。

「那你可以長生不老了？」我的心裡有點激動。

楊永樂搖搖頭：「就那麼一點點，恐怕還不能。不過至少應該能多活兩年吧！」

能多活兩年也不錯啊！我挺羨慕地看著楊永樂。

楊永樂考慮了一會兒，猛然一抬頭：「我說，要不然今年重陽節，我們也

弄點菊花酒來喝吧！」

「啊？」

事情過於突然，我什麼話也說不出來。

「倒也不是為了長生不老，只是那味道實在太誘人了。」楊永樂不容我考慮，馬上接著說。

「可是……這個，要是喝了真的長生不老的話，我們會不會永遠是現在的模樣，永遠不會長大了呢？」我擔心地問。

「這個不會吧！如果擔心，就少喝一點好了。」楊永樂小聲嘀咕道，「妳真該嚐嚐那味道……」

我有點動心了，那麼好喝的東西，如果不嚐一下的話，恐怕要遺憾一輩子吧！

「怎麼才能喝到菊花酒呢？」我問。

「菊花酒是菊花仙子釀的，當然要去菊花仙子釀酒的地方嘍！不過，菊花仙子是不會給我們的，每年釀的酒，神仙們都不夠分。所以，我們只能趁她不在的時候去偷一點。」

「偷？」我的眉頭皺了起來，這個字實在太刺耳了。

「沒有別的辦法。」楊永樂耷拉著腦袋，「如果有別的辦法，誰也不想去偷啊！但那酒，也太好喝……」

我吞了口口水。

偷就偷吧！誰讓菊花仙子那麼小氣呢！我想。不過是一口酒而已，就算偷偷去喝的，也應該算不了什麼大事吧！

「那麼去哪裡……偷……呢？」

聽我這麼問，楊永樂一下子來了精神。

「我早就打聽清楚了，一直到重陽節，菊花酒都放在御景亭裡。」

「堆秀山上的御景亭嗎？」

楊永樂點點頭。

那可是故宮裡位置最高的亭子了，說是亭子，其實更像一座正方形的小宮殿。四面的門一直是鎖著的，是個藏東西的好地方。

「可是怎麼能打開門呢？」我有點為難。

「這個我有辦法。」楊永樂很有信心的樣子。

「什麼時候去呢？」

「後天就是重陽節，那時候酒就分完了。不如我們今天晚上就去吧？」緊接著，他突然很嚴肅地看著我的臉，補充道：「不過，這件事一定要保密啊！菊花仙子們雖然都很和善，就算知道也不會說什麼，但是要是被螭虎知道可就不得了了。」

螭虎？那不是傳說中龍的兒子們中的一個嗎？他長著和老虎一樣的頭，龍一樣的身體。上次，故宮交泰殿裡展出皇帝們的玉璽，我就發現，每一個玉璽上都會有一隻螭虎乖乖地趴在上面看守著玉璽。

「菊花酒和螭虎有什麼關係呢？」我更想不明白了。

楊永樂壓低了聲音說：「因為螭虎一直喜歡菊花仙子。」

啊？居然有這種事情。

「你怎麼知道的？」我有點懷疑。

「我猜的。」楊永樂笑嘻嘻地說，「反正，今天晚上八點，就在堆秀山下見，怎麼樣？」

我點點頭。去偷菊花仙子的菊花酒，聽起來還挺刺激的。

已經是深秋的季節，黃昏來得早了。

我匆匆跑到食堂，媽媽正等我吃晚餐。今天食堂居然做了糯米花糕，「因為重陽節就要到了。」媽媽說。

吃完簡單的晚餐。我對媽媽說：「晚上想去御花園，看菊花們睡著的樣子。」

媽媽有點吃驚，不過我一直是奇怪想法很多的孩子，再說，休館後的故宮也很安全。

「要多穿一點，別感冒了。」

她同意了。

我點點頭，興沖沖地跑出了門。

時間還早，微微發紅的西邊的天際，飛過一群雪白的鴿子。遠遠的宮門外，車子一輛接一輛地開了過去。接著，從那邊的院子開始，故宮裡的街燈一盞接一盞地亮了起來。

堆秀山上千奇百怪的太湖石，披著黃昏的顏色。高高的御景亭裡傳出了「咚、咚、咚……」的聲音，是有人在敲鼓嗎？我豎起耳朵。

楊永樂還沒有來。我一個人輕手輕腳地爬上御景亭，對著門縫，偷偷地看。一個少女，穿著鮮豔的黃衣服，金色的捲髮垂在肩上，雖然一點也沒化妝，但皮膚卻閃閃發光，嘴唇紅紅的，眼睛是淡藍色的。

我心想，她就是楊永樂說的菊花仙子吧！

菊花仙子把大朵、大朵的黃菊花，放到一個大大的酒缸裡，然後就和著

「咚、咚、咚」的鼓聲，翩翩地跳起舞來，飄盪的黃裙子像是豔黃的火苗一樣舞動著。

裙襬落下，一個捂著咚咚地跳個不停的胸膛的怪獸，露出了模樣。那不是螭虎嗎？螭虎一動也不動地站在菊花仙子身後，墨綠的眼睛裡就像從黑暗中升起的星星似的，菊花仙子的身姿，清晰地映現了出來。

楊永樂說得對，大怪獸螭虎真的喜歡菊花仙子，連我都看出來了。

菊花仙子跳完一支舞，用木勺在水缸裡攪了攪。啊！水缸裡的菊花已經變成菊花酒了。酒的香味被風吹進我的鼻孔裡，一聞就知道是好喝得不得了的酒。

要是現在就能喝一口就好了。我吞著口水。

這時候，有人輕輕拍了我的肩膀一下！我大吃一驚，被人發現了嗎？剛要「啊」地一聲叫出聲，嘴巴就被人捂住了。

原來是楊永樂，我鬆了口氣。

楊永樂搖搖頭，示意我不要說話。我們一起往門縫裡面瞧。

菊花仙子已經蓋上了酒缸的蓋子，準備離開了。

楊永樂拉著我的手，一下子躲到亭子後面。緊接著，我們聽到菊花仙子和螭虎下山的腳步聲。

門沒有鎖，他們忘了鎖門。

我和楊永樂對望了一眼，對，就是現在！

我們一起溜進門，一邊心神不定地看著門口，一邊打開酒缸的蓋子，飛快地用水瓶盛了一些酒。不過是一眨眼的工夫。

然後，我們一口

氣跑出亭子，向山下跑去，脊背上起了一身雞皮疙瘩。

還沒跑幾步，就有像一道牆一樣的東西擋在了下山的路上。那不是螭虎嗎？他怎麼又回來了？

我和楊永樂一下子就呆了。有生以來頭一次偷了東西，怎麼這麼快就被抓住了呢？

「把菊花酒拿出來吧！」

螭虎好像早就知道了一樣地說。

「一直在亭子外面偷看的，就是你們吧！」

楊永樂乖乖地把盛了菊花酒的水瓶拿了出來。

這下可糟了，自己變成小偷了！很快，這個消息就會傳遍故宮吧！我的怪獸朋友們，還有野貓他們都會知道的。

「李小雨是偷酒的小偷！」

這麼一想，我一下子就「哇哇」地哭出了聲。以後，再也沒臉到故宮裡來了。

我的哭聲，把螭虎嚇了一跳。

「喂！這孩子怎麼說哭就哭呢？我又沒說要懲罰你們。」

聽了這話，我哭得更厲害了。

「哎呀，我最不喜歡女孩的哭聲了。」螭虎皺著眉頭說：「真的是頭痛得要命。到底怎樣妳才能不哭呢？」

我抽抽嗒嗒地說：「要……要……要保密。」

「妳是說，偷菊花酒的事情替你們保密？」

我點點頭。

螭虎嘆了口氣，「好吧！只要妳不哭，我就答應替你們保密。」

聽他這麼說，我揉揉眼睛，抬起頭，不再哭了。

「不過，以後不要再幹這種事。」螭虎很嚴厲地說，「去把酒倒回去吧！」

我和楊永樂點點頭，拎起水瓶，跟著螭虎回到御景亭，一點也不剩地把菊花酒倒回了酒缸。

這下，再也喝不到菊花酒了。我想。

「為什麼會這麼容易原諒我們呢？」

讓我吃驚的是，楊永樂居然問出了這樣的問題。

好不容易得到原諒了，還問什麼為什麼，真是……我責備地看著他。

螭虎卻平淡地回答說：「因為，她釀的酒，無論是誰都想喝一點吧！」

這時候，螭虎好像想起了什麼，臉色都變得溫柔起來。

「記得第一次我看到她釀酒時的樣子，也想要是能喝一口那酒就好了。」

他出神地說，「那天晚上，我透過御景亭霧氣朦朧的玻璃窗，看到她跳舞的樣子，還以為是一隻輕盈飛翔的黃色蝴蝶，就像一場夢一樣。」

「你就是從那時候喜歡上菊花仙子的？」

一不留意，這句話就從我嘴裡溜了出來。我趕緊捂住嘴，但是已經來不及了。

「你們看出來了啊？」螭虎有些吃驚，但很快就平靜下來。「人類果然聰明，那就告訴你們吧！」

「就是從那天開始，眼前總會出現同樣的幻影。黃色的、舞動的衣裙，閃閃發光的皮膚，那一剎那，我的心都顫抖起來。後來，我主動找到她，說想幫她看護菊花酒。其實，是想多看她幾眼。我的心已經成了她的俘虜了。」他嘆了口氣，「能把這些都告訴你們，不用總是一個人憋在心裡，感覺舒服多了。」

「不過，」螭虎變得嚴肅起來，「這件事情無論如何也要保密，再也不能告訴其他人。否則，你們偷酒的事情，我也就不能幫你們保守祕密了。」

「沒問題。我們一定保密。」

我和楊永樂都使勁地點頭。這樣的事，簡直太容易做到了。

天已經不早了，我和楊永樂向螭虎道別，然後走出了御景亭。

當御景亭的門在後面砰地關上的時候，我們同時鬆了口氣。今天晚上，實在太驚險了，以後，偷東西這種事情不但不會做，連想都不會再想了。

我和楊永樂拎著倒空了的水瓶快步跑下堆秀山，跑得上氣不接下氣。偶爾停下一兩次，往後看看高高的御景亭，然後就接著跑起來。一口氣跑出了順貞門，才停下來，一屁股坐到紅牆下面，喘著粗氣。即使那時候，我的心臟都還跳得厲害。

不過讓我意外的是，重陽節的菊花酒，我最終還是嚐到了味道。

怎麼嚐到的呢？是那個楊永樂帶去的塑膠水瓶，雖然酒已經被倒回了酒缸，可是還有一點黏糊糊的菊花酒黏在水瓶的瓶底。

楊永樂把水瓶倒過來，小心翼翼地將幾滴酒滴到我嘴裡，那味道啊，果然和楊永樂說的一樣，香噴噴的，甜滋滋的，稍微有點菊花的香味。

我頭一次喝到這樣好喝的酒。

但是，菊花酒也好，其他好東西也好，無論如何，我都不會再偷任何東西了。那種提心吊膽的感覺，再也不想體會了。

拾

薩滿巫師的秘密

「從今天起，妳不能碰繩子，任何繩子都不能碰。」

楊永樂滿臉嚴肅地對我說，那樣子還真像個薩滿巫師。

在這之前，他告訴我，我已經通過了薩滿巫師的第一級考試，以後不用為他準備食物了。

雖然，我覺得我什麼也沒做就通過了第一級考試，是件挺奇怪的事，但是我仍然很高興不用為他送吃的了。這樣我媽媽就不會老問我，為什麼每次去超市我都要買一大堆同樣的食物。

「綁頭髮的橡皮筋呢？」我問他。

「橡皮筋可以，只有繩子不可以。」他強調。

我點點頭。這聽起來不太難做到，雖然我還沒想好要不要成為一個薩滿巫師，但是不碰繩子這件事，我可以先做到。

這個學期，我媽媽幫我報了一個補習班，我不能每天一放學就來故宮裡玩。但是，每次我來到故宮裡，都會碰到楊永樂，好像他還在放暑假一樣。

「你沒有上補習班嗎？」我歪著頭問他。

「沒有。」

「不踢足球或者打排球？」

「不，我不喜歡運動。」

「也不和同學玩？」

「學校裡我沒什麼朋友。」他說。

我不說話了，在學校裡我的朋友也不多，因為這樣還經常被人欺負。我知道那種感覺。

不過，第二天在學校我倒是遇到了一些好玩的事情。

某次下課時間，我在樓梯上被人狠狠地撞了一下，是和我同班的高穎超。她個子比我高，是校排球隊的隊長。平時，她經常拿我當笑柄，欺負我。

撞過我以後，高穎超和她的朋友們在我前面偷偷地笑。我心裡想，要是她能從樓梯上滾下去就好了。我死死盯著她的後背，嘴裡一直在詛咒她在樓梯上摔倒。就在高穎超準備上最後一節臺階的時候，她一下子踩到了前面人的鞋後跟，緊接著，她真的摔倒了！看樣子摔得還不輕。

我張大了嘴巴，難道我真的會巫術了嗎？雖然她只是摔倒，並沒有從樓梯上滾下去，但是我還是很驚訝。以往，別人欺負我的時候，我經常在心裡默默詛咒他們，可是從來沒有靈驗過。

下午第一節課是體育課，老師讓大家跳繩，我因為答應過楊永樂不碰繩子，就告訴老師我的腳腕扭傷了。因為不能參加跳繩遊戲，我只好坐到操場旁邊的草地上看著大家跳。可是，剛一坐到草地上，我就覺得屁股被什麼狠狠硌了一下。我用手一摸，居然是一串鑰匙，上面還有我們學校的校徽。

我把鑰匙交給體育老師，體育老師仔細看了看。

「這不是校長早上遺失的鑰匙嗎？」他說，「他足足在操場上找了一個上

午，連辦公室的門都沒進去。妳真是個能幹的孩子！他這會兒在食堂，妳去交給他吧！」

於是，我小跑著到食堂，把鑰匙交給了校長。他高興極了，「拾金不昧，好孩子！我要在學校的廣播裡好好表揚妳。」

所以，當表揚的廣播響起時，我的同學們都轉頭看著我，那眼神彷彿在說：「哇！妳太厲害了！」

而我聳了聳肩，故意擺出一副若無其事的樣子。

最後一堂課是語文課，老師公布了本學期第一次語文考試的成績。結果我出其不意地得了高分。當同學們都用驚奇的眼光看著我，我只是酷酷地笑笑。

今天沒有補習，一放學，我就往故宮跑，我真的想把學校的事情一股腦兒地告訴楊永樂。

這是一個天氣晴朗、讓人心情愉快的下午。

我走在儲秀宮的廊道上，還沒走進失物招領處，就聽到了一個熟悉的沙啞的聲音。

是楊永樂的舅舅哼著歌。他的聲音，我聽了一次就不會忘記。我悄悄走進失物招領處，櫃檯後面空蕩蕩的。儲物間黑色的木門沒有關，我輕手輕腳地走進去。一排排貨架整齊地排列著，卻沒有一個人影。

看不見人，聲音是從哪裡傳來的呢？我側耳傾聽，順著聲音找過去。啊！放旅行箱的那排貨架的後面，露出了一道光。光是從地板上一個地道的入口射出來的，楊永樂舅舅的歌聲也是從那個地道裡傳出來的。

這個地方居然還有地道？

我蹲下身，偷偷向裡面望，一段短短的臺階通向地下，還不時傳出「叮叮咣咣」的聲音。聽起來，楊永樂的舅舅像是在整理東西。

什麼樣的東西會被放在地下呢？我有點納悶。

但這個時候，腳步聲響起，楊永樂的舅舅像是走上了樓梯。我想也沒想，就往外跑，一口氣跑到了儲秀宮的院子裡。今天多虧穿了很輕的運動鞋，跑步

的時候連聲音都沒有。

傍晚，我餵野貓梨花貓糧的時候，把這件事告訴了她。

「那恐怕是密室中的密室，喵。」梨花說，「失物招領處原來就是密室，密室裡又藏了地下密室，那就是更祕密的地方。」

「密室中的密室，也不知道是什麼樣子。」我還真有點好奇。

梨花吃飽了，一邊舔著鬍子一邊問：「妳不回妳媽媽的辦公室嗎?喵。」

「我還要去找楊永樂。」我回答，下午沒看見他，我還有一肚子話想告訴他呢!

梨花想了想說：「我和妳一起去吧!喵。」

失物招領處的櫃檯上，楊永樂正趴在檯燈下寫作業。不知道是不是碰到了什麼難題，他不停地撓著頭。

看見我們進來，楊永樂高興地從椅子上跳了起來。

「妳們來得正好!」他說，「我肚子痛了半天，但是又怕有人來找東西，不敢去上廁所。妳們正好幫我看一會兒店。」

說著，他從貨架上拿了一大卷衛生紙，就跑出去了。

梨花跟著我走進儲物室，眼睛不住地打量著周圍。

「這裡還真不小啊！喵。」

對了，梨花還是第一次來失物招領處呢！

她用鼻子聞了聞放在最下面貨架的東西，問我：「妳說下午看見的那個地道的入口在哪裡啊？喵。」

「就在那邊。」

我帶著她走到放行李箱的貨架後。那裡不知道什麼時候，已經鋪上了厚厚的地毯，地毯上還放了好幾個大行李箱。

「我記得就在地毯下面，不過那時候可沒什麼行李箱。」我皺著眉頭。

梨花用爪子碰了碰那幾個行李箱。

「都是帶輪子的，應該不重。喵。」她說。

我推開一個行李箱，就像梨花說的，雖然看起來大，但是推起來一點也不重。一個個行李箱被推開，地毯也掀開了，地道的鐵門露了出來。是帶軌道的推拉門，門沒有鎖，我費了好大的力氣，才把它推開。

「啪！」

地道裡的燈一下子亮了起來，是聲控燈。我們輕手輕腳地走下臺階，下了臺階，是一扇半開著的門，悄悄往裡面一看……

哇！這是一間非常漂亮的儲藏室。

儲藏室的牆壁貼滿了雕花的瓷磚，很豪華的樣子。厚重的木櫃子一看就都是很貴重的木頭，又大又莊重，上面擺滿了閃閃發亮的東西。定睛一看，那些並不是珠寶啊、古董啊這些普通的寶貝。

我和梨花目瞪口呆。

梨花輕巧地一跳，就跳上了一個儲藏櫃。

「小心點，別打破了東西。」我趕緊說。

那些櫃子上的東西，看起來沒有一樣是我能賠得起的。

梨花仔細看著櫃子裡面的寶物，每一樣都看得仔細極了，看完還會用濕漉漉的小鼻子去聞一聞。她的眉頭也越皺越緊。

「有什麼問題嗎？」我問她。

她沒說話，繼續一樣、一樣地仔細看著，像是特別厲害的文物鑑賞家。直到把所有東西都看遍了，她才說：「這些東西……如果我沒記錯的話，都是神仙們和神獸們近些年遺失的寶物。喵。」

「啊？」

她打開身邊的木盒，那裡面裝著一顆火紅杏子般的圓石頭。盒子一打開，一股撲鼻的清香就散發出來。

「這是紅杏，它是怪獸行什的寶貝，佩戴紅杏的人，會長出『風翅膀』和『雷翅膀』。既可以乘著風飛翔，也可以發出巨大的雷鳴。」梨花盯著我的眼睛，「可是幾年前，行什不知道掉在哪裡了。」

「還有這個。」她又走到一個水藍色的瓶子旁邊，那瓶子是花瓶的形狀，但瓶身上海浪的圖案就像活了一樣，湧上來，退下去，再湧上來……一看就是不得了的寶物。

「這是四海瓶。」梨花接著說，「是龍女丟的。聽說可以把寶物吸到肚子裡。」

「不過，遺失的東西出現在失物招領處，也沒什麼奇怪的吧！再說，這裡晚上就是專門為神仙們、怪獸們服務的。」我說。

「是這樣……」

沒等梨花說完，楊永樂突然從樓梯上跳了下來。

「是妳們啊！我還以為是小偷呢！」

很快，他放慢了腳步，眼睛盯著一排排貨架，彷彿都不夠用似的。

「妳們怎麼找到這裡的？我都不知道有這麼個地方呢！」他高興起來，隨手拿起一波波海浪湧來的四海瓶，興致勃勃地看著。

這下，我可有點奇怪了。「這不是你保存神仙、怪獸們遺失寶物的倉庫嗎？」

楊永樂直搖頭：「我今天可是頭一次知道這裡有地下倉庫呢！不過妳們是怎麼發現的呢？」

「我下午來找你的時候，看見你舅舅正好在這裡……」

說到這兒，我也覺得有點不對了，楊永樂晚上為怪獸、神仙、動物們服務的事情，他的舅舅不是不知道嗎？那這裡……

「嗯，這樣啊！」楊永樂卻是一副沒什麼的樣子，「那這裡應該都是我舅舅的收藏吧！」

他這麼一說，我就想起了楊永樂曾經拿的那顆要為小龍女治病的龍珠，當時，他也說那是他舅舅的收藏。

「你舅舅怎麼會有這麼多寶物？喵。」梨花警戒地看著楊永樂。

「因為他是偉大的薩滿巫師啊！巫師都是擁有很多寶物的。」楊永樂自豪

地說。說到「偉大的薩滿巫師」幾個字時，他的頭都仰得高高的。

梨花「哼」了一聲，「什麼偉大的薩滿巫師，喵，我看他就是個小偷。」

「小偷？」楊永樂一下子跳了起來，他怒氣沖沖地走到梨花面前，「我舅舅才不是小偷呢！我舅舅的咒語可以做到任何事情，根本用不著偷東西。」

「說得容易。喵。」梨花毫不示弱地挺直了脖子，「可是，這些明明就是怪獸們和神仙們的寶貝啊！怎麼會在這裡？喵。」

「怪獸們的……」楊永樂有點張口結舌了。

「沒錯！」梨花得意地說，「這裡的每一樣東西都是他們的主人們不小心弄丟的，都是特別著急想找回的東西。但卻都被你舅舅藏了起來。他不是小偷是什麼？喵。」

「妳……妳胡說！」楊永樂不知道該說什麼了。

「要證明一下嗎？喵。」梨花狠狠地甩了一下尾巴。

「妳說怎麼證明？」楊永樂也不願退步。

「很簡單。喵。」梨花一藍一黃的大眼睛眨了眨，「只要把這些東西的主人找來認領就可以了。」

「啊……這……」楊永樂有點猶豫。

「不敢了吧？」梨花挑釁地看著楊永樂，「因為這些寶物的主人都是神仙和神獸們，所以絕不會有人說謊，或是假裝認領不是自己的寶物。何況，神仙們互相都知道，哪個寶物是屬於誰的。喵。」

「好吧！」聽了梨花的話，楊永樂像是下了很大的決心似的，「如果妳說的是真的，妳就去把寶物的主人們都找來吧！不過時間只限在明天的太陽升起以前，如果天亮了還沒人來，妳就要向我舅舅道歉。」

「沒問題！喵。」梨花毫不猶豫地答應了，說著就跳下了櫃子，跑了出去。

楊永樂一屁股坐到樓梯上，在那裡生悶氣。

我跟著梨花出了門。

「那麼多東西，一個晚上的時間都能通知到它們的主人嗎？」

「沒問題，別忘了故宮裡可有一百八十一隻野貓呢！」梨花很有信心地說，「如果讓他們都來幫忙，大概一個多小時就能通知完了。喵。」

「我能幫什麼忙呢？」

「妳就在這裡，等著看好戲吧！喵。」

說著，梨花就飛快地跑開，去找野貓們了。

我回到失物招領處，坐到櫃檯前，有些擔心，不知道一會兒會發生什麼事呢？白天在學校的事情，都還沒來得及和楊永樂說呢！就發生了這種事……就這樣想著、想著，不知不覺居然睡著了。

睡著、睡著，我的耳邊模模糊糊地聽到「是這邊嗎？」「後面還有門啊！」「怎麼走？」「誰家的孩子睡在這裡。」「能找到真是太好了。」……

沒過多久，耳邊就越來越吵，讓人實在沒辦法睡下去了，我睜開了眼睛。

哇！我被嚇了一大跳。

不知道什麼時候，失物招領處已經被奇形怪狀的怪獸們和神仙們擠滿了。

他們有秩序地排成一條長長的隊伍，隊伍都已經排到了儲秀宮的院子裡，一個、一個等著認領地下儲藏室的寶貝呢！

野貓們也都出動了，有的正帶著神仙們趕來排隊，完成任務的就悠閒地蹲在屋頂或者院子裡看熱鬧。

看不出，梨花還真能幹啊！

我順著怪獸和神仙們的隊伍跑到地下儲藏室，楊永樂和梨花正忙著呢！梨花幫忙找寶物，楊永樂則親手把一件件寶物還給怪獸和神仙們，並讓他們在失物招領表格上登記。一切都井井有條的樣子。

就這樣一直忙了大半夜，怪獸和神仙們才走光了。剛剛還滿滿登登的儲藏櫃裡，只剩下可憐的幾件寶物了。

「真是累壞了！喵。」

梨花像老爺爺一樣地捶著腰。

一旁的楊永樂卻垂頭喪氣地坐在地上，手裡拿著一大摞失物招領表格發

呆。自己崇拜的舅舅，卻被人當作小偷，他的心裡一定難受極了。

「你舅舅……他一定是不知道這些東西是別人的，才拿來收藏的。」我安慰他。

楊永樂抬起頭看了我一眼，又低下頭去，沒有說話。

看他這個樣子，我開始擔心了。

「你是不是擔心把這裡的東西都還給別人了，你舅舅會懲罰你？」我拍拍胸脯說，「我可以幫你和他說，就說這些東西都是我還給大家的……」

話還沒說完，就聽見身後一個沙啞的聲音說：「我知道了。」

所有人都一驚，反應最快的野貓梨花，已經一下子躥上了臺階，一陣風一樣的不見了。

楊永樂的舅舅穿著睡衣，平靜而嚴肅地站在我們身後，看著空空如也的儲物櫃。

「都拿走了嗎？」他自問自答地說，「啊，還有幾樣嗎？眼睛一直跳，就覺得會有什麼事情發生。」

我和楊永樂偷偷地互相看了一眼。

「我……」

我剛要說什麼，卻被他打斷了。

「沒關係，反正那些也不是我的東西，本來就應該還回去的。」

楊永樂的舅舅朝櫃子裡「呼……」地一吹氣，然後迅速關上了櫃子門，對我們微微一笑，說道：「你們還真替我省了不少時間。」

「是我把這些東西還回去的。」楊永樂突然地說。

「誰還回去都是一樣的。」他看著楊永樂說，「這是我的錯，有人撿到這些東西送到失物招領處的時候，我就不應該因為太喜歡而偷偷藏起來。本來只想觀賞一段時間，有人來認領就還給人家，沒想到卻越來越貪心，一發不可收拾了……」

他嘆了一口氣：「幸虧你們今天幫我還了回去，否則還真不知道我會變成

什麼樣的人……所以，謝謝你們！」

他的眼神很真誠，一副放下了心裡壓著的大石頭的樣子，人也變得柔和起來。第一次我見到他時，那種讓人不舒服的神情消失了。

貪婪真是很可怕的東西，連一個人的眼神、表情、態度都會改變。我心裡想。

楊永樂和他舅舅一起送我走出了失物招領處。推開紅色的大門，我們來到外邊，深深吸了口涼冰冰的空氣。

風吹過，一片枯萎樹葉像黃手帕一樣，輕飄飄地落到了我的頭上。

「冬天要來了。」

楊永樂的舅舅不知道為什麼鬆了口氣。

國家圖書館出版品預行編目 (CIP) 資料

故宮裡的大怪獸 2：御花園裡的火車站 / 常怡著； 么么鹿繪 . -- 第一版 . -- 臺北市 ： 樂果文化出版 ： 紅螞蟻圖書發行，2019.04

面； 公分 . --（小樂果 ； 12）

ISBN 978-986-97481-1-7(平裝)

859.6 108001450

小樂果 12

故宮裡的大怪獸 2：御花園的火車站

作者／常怡
繪圖者／么么鹿
總編輯／何南輝
行銷企劃／黃文秀
封面設計／引子設計
內頁設計／沙海潛行

出版／樂果文化事業有限公司
讀者服務專線／（02）2795-3656
劃撥帳號／50118837 號 樂果文化事業有限公司
印刷廠／卡樂彩色製版印刷有限公司
總經銷／紅螞蟻圖書有限公司
地址／台北市內湖區舊宗路二段 121 巷 19 號（紅螞蟻資訊大樓）
電話：（02）2795-3656
傳眞：（02）2795-4100

2019 年 4 月第一版 定價／ 250 元 ISBN 978-986-97481-1-7